dtv

Reihe Hanser

Was geschah eigentlich, als Jesus im Alter von zwölf Jahren zwei Tage in Jerusalem verschwunden war? Friedrich Ani erzählt davon, was passiert sein *könnte*, als Jesus seinen Eltern verloren ging. Er erzählt von Jesus und Rut. Wie beide in ein nahes Wäldchen fliehen. Wie sie zögernd reden und sich dabei besser kennen lernen. Und plötzlich gerät alles, was Jesus bisher als richtig und gut angenommen hat, ins Wanken. Ist seine Aufgabe wirklich so klar? Und wie ist es möglich, den Menschen befreien zu wollen, wenn man ihn nicht versteht? Wenn man nicht weiß, was für ihn Glück, Freude, Trauer und Schmerz bedeuten – wie es sich anfühlt, Mensch zu sein.

Friedrich Ani wurde 1959 in Kochel am See geboren. Er arbeitete als Kulturjournalist, Polizeireporter und Drehbuchautor. Heute lebt er als Schriftsteller in München. Für seine Bücher wurde er mehrfach mit Stipendien und Preisen ausgezeichnet. In der *Reihe Hanser* ist von ihm bereits der Roman ›Durch die Nacht, unbeirrt‹ (dtv 62099) erschienen.

Friedrich Ani

Als ich unsterblich war

Eine Jesus-Geschichte

Deutscher Taschenbuch Verlag

Originalausgabe
In neuer Rechtschreibung
November 2003
Deutscher Taschenbuch Verlag GmbH & Co. KG,
München
www.dtv.de

Der Abdruck des Gedichts von Jan Skácel erfolgt mit
freundlicher Genehmigung des S. Fischer Verlags.
Aus: Jan Skácel, wundklee. gedichte.
Ins Deutsche übertragen von Reiner Kunze.

Umschlagbild: ›Hirte mit Flöte‹ (1508) von Giorgione
Angaben zu Orten, Personen und Psalmen
orientieren sich an: Die Bibel, Gesamtausgabe.
Katholische Bibelanstalt GmbH, Stuttgart 1980.
Der Abdruck erfolgt mit freundlicher Genehmigung
der Katholischen Bibelanstalt GmbH.
Gesetzt aus der Sabon 11,25/13,5· (QuarkXPress)
Satz: Fotosatz Reinhard Amann, Aichstetten
Druck und Bindung: Druckerei C.H. Beck, Nördlingen
Gedruckt auf säurefreiem, chlorfrei gebleichtem Papier
Printed in Germany · ISBN 3-423-62154-0

die menschen nehmen einander wegen der stille
man hört sie nur zu zweit anders nicht
und anders erdrückt sie anders bricht
der mensch zusammen unter der stille

Jan Skácel

Prolog

Du musst mir zuhören, du musst! Ich weiß, deine Zeit ist begrenzt, viele Menschen warten, dass du dich um sie kümmerst und, glaube mir, ich will dich nicht aufhalten, ich verlange nicht mehr als alle anderen. Aber vorher musst du mich sprechen lassen, sonst war der weite Weg, den ich von zu Hause bis zu dir zurückgelegt habe, vergebens. Du schüttelst den Kopf, täusche dich nicht, ich kenne mich, ich hatte in den vergangenen zwanzig Jahren genügend Zeit, über mich nachzudenken, auch wenn wir in unserer Werkstatt viel zu tun hatten, an Aufträgen mangelte es nie, und mein Vater war oft krank, so dass ich seine Arbeiten mit übernehmen musste.

Trotzdem verging kein Tag, an dem ich mich nicht zurückzog, um zu lesen und beim Lesen mein Leben zu betrachten. Und immer wieder stiegen aus meiner Erinnerung die Bilder jener Tage empor, als ich zwölf Jahre alt war und etwas Ungeheuerliches erlebte. Nachts träumte ich davon, und manchmal sagte mein Bruder am nächsten Morgen zu mir, ich hätte im Schlaf seltsame Dinge geredet, hätte einen Namen genannt und merkwürdig gelächelt. Welchen Namen?, fragte ich ihn, aber er behauptete, er hätte ihn nicht verstanden. Ich bin mir nicht sicher. Ich vermute, er wollte mir den Namen nur deshalb nicht nennen, weil ich dann vielleicht wehmütig geworden wäre. Mein Bruder ist ein kluger Mann und war schon als Kind ein guter Beobachter und Zuhörer. Ihm jedoch konnte ich die Geschichte, die damals geschah, nicht erzählen, niemandem konnte ich sie erzählen, bis heute. Heute darf ich nicht länger schweigen und du bist derjenige, für den sie ausschließlich bestimmt ist. Hinterher wirst du verstehen. Schenk mir Geduld, ich bitte dich, schick mich nicht fort. Ich setze mich vor dich hin, damit du mein Gesicht sehen und erkennen kannst, dass ich die Wahrheit sage. Nein, essen möchte ich jetzt nicht, auch nicht trinken, lass mich einfach hier sitzen, zu deinen Füßen. Nein, nein, so wie es ist, ist es richtig, ich auf dem Boden, du auf dem Stuhl, das ist gerecht. Dein Zelt hier, in der Nähe des Flusses, ist der beste Ort für meine Geschichte, die niemand hören darf, außer dir.

I

»Ja, ja! Ja, ja.« Ich war ziemlich ungeduldig.

»Psst!«, machte jemand hinter mir.

Ich drehte mich um. Und stieß gegen einen gewaltigen Bauch, der sich unter einem grauen zerschlissenen Mantel wölbte. Ich musste den Kopf in den Nacken legen, um diesem Hünen ins Gesicht sehen zu können, dessen Mund und Nase fast vollständig von einem schwarzen Bart überwuchert wurden und dessen Augen winzig und farblos waren. So viele Haare der Mann im Gesicht hatte, so wenige hatte er auf dem Kopf, und ich sah eine Schweißschicht, die im hellen Licht glänzte.

Der Mann stand reglos da und schien den Stoß nicht bemerkt zu haben.

»Verzeih«, sagte ich.

Plötzlich hörte ich ein bedrohliches Knurren. Ich schaute mich um. Überall standen Männer, einzeln und in Gruppen, und lauschten aufmerksam den Worten des Priesters.

Das Knurren kam aus dem Bauch des Hünen.

Ich lächelte.

»Psst!«, machte der Mann wieder.

»Was denn?«, sagte ich. »Dies ist ein Ort, an dem man sprechen darf!«

»Wer bist du, dass du ...!«, rief der Mann und verstummte mitten im Satz. Seine Stimme dröhnte durch den Raum, was ihm peinlich war, das sah ich ihm an. Wahrscheinlich vergaß er einfach manchmal, was für ein lautes Organ er hatte. Schuldbewusst senkte er den Kopf.

Einige Männer sahen her.

»Was schaut ihr?«, sagte ich.

Die Männer schüttelten den Kopf und wandten sich wieder dem Priester zu, der fortfuhr:

»... Und wenn du dann isst und satt wirst, nimm dich in Acht, dass du nicht den Herrn vergisst, der dich aus Ägypten, dem Sklavenhaus, geführt hat. Den Herrn, deinen Gott sollst du fürchten; ihm sollst du dienen, bei seinem Namen sollst du schwören. Ihr sollt nicht anderen Göttern nachfolgen, keinem Gott eines Volkes, das in eurer Nachbarschaft wohnt. Denn der Herr, dein Gott, ist als eifersüchtiger Gott in deiner Mitte ...«

»Was bedeutet das?«, fragte ich den Hünen. Und weil dieser nichts erwiderte, fragte ich noch einmal: »Was bedeutet das? Wieso ist Gott eifersüchtig? Auf wen? Und wozu?«

»Hast du nicht gehört?«, krächzte der Mann, denn normal zu flüstern gelang ihm nicht. »Hörst du nicht zu? Es geht um die Götter der anderen ...«

»Welche anderen?«, fragte ich und versuchte dem

Hünen in die Augen zu sehen. Eine komplizierte Angelegenheit, denn der Riese starrte wie gebannt nach vorn zum Altar.

»Wir sind alle ein Volk oder nicht?« Ich wartete auf eine Antwort.

Endlich ließ sich der Mann herab, den Kopf einen Zentimeter zu senken. Ich sah, wie sich der Bart auftat und eine rote Höhle freigab.

»Verschwinde!« Das Wort kam wie ein Donner aus der Hölle.

»Ich hab ein Recht, hier zu sein«, sagte ich ungerührt.

»Hast du nicht!«, sagte der Mann und machte einen Schritt auf mich zu.

Vorsichtshalber wich ich zurück.

»Was soll das?«, fragte ein alter barfüßiger Mann.

»Erkläre mir, warum Gott eifersüchtig ist!«, sagte ich.

»Dieser Junge stört mich beim Gebet«, sagte der Hüne. Seine Stimme wurde immer lauter, was er nicht bemerkte. »Geh raus auf den Basar und kauf dir ein paar Oliven und lass uns hier in Frieden beten. Du hast doch noch nicht einmal deine Bar Mitzwa gehabt! Was suchst du also hier?«

»Woher willst du das wissen?«

»Woher ich das weiß? Das seh ich! Du bist höchstens zehn. Wahrscheinlich sogar erst acht oder neun. Du bist noch nicht einmal reif für die Mischna! Nicht einmal das!«

»Ich lese die Mischna«, sagte ich.

»Unerlaubt!«, stieß der Hüne hervor.

»Ich bin zwölf«, sagte ich.

»Lügner!«

»Hören Sie auf, den jungen Mann zu beschimpfen!«, sagte der Alte. Er verströmte einen eigentümlichen Geruch nach Minze. Ich mochte den Geruch.

»Ich beschimpfe ihn nicht, ich möchte, dass er verschwindet!«

»Warum ist Gott eifersüchtig?«, fragte ich.

Da holte der Hüne aus und seine behaarte Pranke raste auf meine Wange zu. Doch etwas Ungewöhnliches geschah. Kurz bevor die Hand meinen Kopf erreichte, erstarrte sie in der Bewegung und der Arm sackte nach unten. Als wäre die Hand gegen eine unsichtbare Wand gestoßen. Oder als hätte eine unsichtbare Schnur sie zurückgezogen.

Der große Mann ächzte, als habe er gerade mit bloßen Händen einen Baum entwurzelt. Seine Lider flackerten und sein Bauch bebte. Nicht nur ich, auch der Alte schaute verwundert zu. Aus dem bartumwucherten Mund kam ein tiefes Keuchen, die Nasenflügel blähten sich wie Nüstern, und der Schweiß lief in Strömen vom fast kahlen Schädel über Hals und Gesicht.

»Du musst an die frische Luft«, sagte der Alte.

Der Riese stöhnte. Wenn er ein- und ausatmete, hörte es sich an, als habe er Ketten verschluckt.

»Komm!«, sagte ich und griff nach der mächtigen Hand. Willenlos ließ der Mann sich ins Freie führen.

Draußen schien die Sonne. Auf dem Platz, wo die Buden des Basars aufgebaut waren, drängten sich Tausende von Menschen.

Das Fest hatte begonnen und der Strom der Pilger aus dem ganzen Land riss noch immer nicht ab.

»Setz dich und ruh dich aus«, sagte ich.

Langsam glitt der Riese zu Boden und lehnte sich an einen Baumstamm. Er war total erschöpft.

»Wie heißt du?«, fragte ich. Auch ich war froh, ein wenig im Schatten verweilen zu können.

Schwerfällig hob der Mann den Kopf.

»Simon«, krächzte er.

»Wie mein Bruder!«, rief ich und lachte.

»Warum lachst du mich aus?«, fragte Simon, der sich mit den Händen Luft zufächelte.

»Gegen dich ist mein Bruder ein Zwerg«, sagte ich.

»Wenn du wüsstest, wie oft ich mir selbst eine Last bin«, sagte Simon mit schwacher Stimme. »Ich faste oft, manchmal eine Woche lang, ohne etwas zu essen, nichts ...« Er holte Luft, stöhnte und blickte zu mir hinauf. »Aber es hilft nichts, ich bleibe so dick, wie ich bin. Ich schwöre dir, ich trinke nur Wasser, ich gehe zu Fuß in die Schmiede, in der ich arbeite, und lass mich nicht von meinem Esel tragen. Du siehst: Ich bemühe mich. Doch es reicht nicht. Sieh mich an ...«

Er zeigte auf seinen Bauch wie auf einen Berg, den er sich vergeblich bemühte zu erklimmen. »Ich bin ein Gefangener meines Gewichts. Und glaube mir, ich gebe mich nicht der Völlerei hin, ich trinke selten Wein, ich arbeite viel und ruhe selten. Was soll ich tun? Wie werde ich meine Last los? Ich möchte so dünn sein wie du«, fügte er weinerlich hinzu.

»Du bist stattlich«, sagte ich, »du hast keinen Grund, dich zu schämen und zu grämen. Du bist gesund, was willst du? Schau dich um: Da, der Einbeinige, er verkauft Oliven, glaubst du, der hat Zeit, sich zu beklagen? Und da, die beiden Blinden, sie führen sich gegenseitig, sie jammern nicht, sie tanzen sogar, siehst du, sie vertrauen einander. Hast du Geschwister?«

Simon schüttelte den Kopf. »Meine Schwester starb, bevor sie drei Jahre alt wurde, sie hat verschmutztes Wasser getrunken, niemand konnte ihr helfen.«

»Du aber lebst«, sagte ich. »Viele Kinder sterben, bevor sie drei Jahre alt werden. Du aber nicht. Du bist kräftig und stark wie ein Baum.«

»Ja«, sagte Simon. »Und ich bin ein guter Schmied. Ich beherrsche mein Handwerk.«

Zum ersten Mal, seit ich ihn getroffen hatte, lächelte Simon. Es war ein kurioses Lächeln. Es muss sich erst durch den Bart hindurchfressen, dachte ich.

Plötzlich hörte ich eine Stimme. Sie klang bedrohlich.

Eine Frauenstimme rief meinen Namen. »Was fällt dir ein wegzugehen?«

Ich brauchte mich gar nicht erst umzudrehen, um zu wissen, wer mich vor allen Leuten ausschimpfte wie ein Kind.

»Wir haben den ganzen Platz nach dir abgesucht!«,

rief meine Mutter außer Atem. Sie trug ein langes weißes Kleid und war barfuß. Ich fand, sie sah wunderschön aus.

»Was soll das?«

Sie stand direkt vor mir und ihr finsterer Blick schüchterte mich nicht im Geringsten ein.

»Ich hab was zu erledigen gehabt«, sagte ich.

»Was hast du zu erledigen mit deinen zwölf Jahren? Verkaufst du auf dem Basar deinen Schatten oder was genau hast du zu erledigen?«

»Seinen Schatten kann man nicht verkaufen, Mutter.«

Sie starrte mich an. Sie war erbost. Und ratlos.

»Danke«, sagte jemand und sie zuckte zusammen.

Simon war aufgestanden und verbeugte sich ungelenk vor mir.

»Es war schön, dich getroffen zu haben. Ich geh jetzt ein wenig spazieren, wenn du erlaubst.«

»Geh, Simon«, sagte ich. »Und iss, wenn du Hunger hast.«

»Ja«, sagte Simon. Aus seinen kleinen Augen warf er meiner Mutter einen kleinen Blick zu, dann trollte er sich in Richtung der Massen auf dem Marktplatz.

»Wer war das?«, fragte meine Mutter.

»Ein talentierter Schmied«, sagte ich.

»Ach ja? Warum hast du nicht zu Ende gebetet? Ich habe mich geängstigt.«

Ich küsste meine Mutter auf beide Wangen, wozu ich mich nicht auf die Zehenspitzen stellen musste, denn sie war genauso groß wie ich.

»Ich bin hier«, sagte ich. Jetzt sah ich meinen Vater, der sich einen Weg durch die Reihen der Leute bahnte und dabei eine Hand in die Höhe hielt.

»Hab ich für uns gekauft«, rief er, als er näher kam. »Etwas zu essen und zu trinken gleichzeitig.«

Er schwenkte eine Traube vor unseren Augen, an den Stängeln hingen dicke schwarze Früchte.

»Wisst ihr, wen ich getroffen habe?«, fragte mein Vater und verzog beim Kauen das Gesicht. Wir verzogen alle drei das Gesicht, so sauer schmeckten die Trauben.

»Emanuel! Meinen Kollegen Emanuel!«

Ich kannte ihn gut. Er war der vielleicht härteste Konkurrent meines Vaters.

»Er sagt, seit er auf das neue Werkzeug umgestiegen ist, hat er einige Kunden verloren. Die vertrauen dem Material nicht, die sagen, Bronze ist besser als Holz. Wir haben über die ägyptischen Schränke gesprochen, ihr wisst schon, die, über die wir auch schon oft diskutiert haben, die wurden ja alle mit Bronze ...«

»Darüber habt ihr während des Gebets gesprochen?«, unterbrach ihn meine Mutter.

»Nicht direkt während des Gebets, also ... während des Gebets nicht direkt ...«

Da wusste ich, dass ich nicht der Einzige in der Familie war, der die Zeremonie vorzeitig verlassen hatte.

II

Eine Stunde lang hatte meine Mutter meinem Vater und mir verboten zu sprechen. Sie war immer noch voller Zorn. Wenn die Gebote nicht vorschreiben würden, dass sich im Tempel Männer und Frauen getrennt voneinander aufhalten müssen, hätte sie meinen Vater garantiert daran gehindert, einfach hinauszugehen. Wegen der großen Menschenmenge hatte sie ihn jedoch schon bald nach Betreten der Halle aus den Augen verloren, genauso wie mich. Und sie fand es unerhört, den Priestern nicht bis zum Ende zuzuhören, auch wenn man manchmal ihren Dialekt nicht verstand oder sie sogar auf Griechisch predigten, in der Sprache der Gebildeten, die in der Provinz, aus der wir stammten, niemand beherrschte. Was die Worte bedeuteten, wusste man trotzdem. Und so wie geschrieben stand, dass die Gläubigen im Monat Nisan sieben Tage lang ausschließlich ungesäuertes Brot essen und Schafe und Ziegen nur an einem geheiligten Ort geschlachtet werden durften, so war es verboten, im Tempel ein und aus zu gehen wie auf einem Basar!

Auch wenn sie eine einfache Frau war, die weder lesen noch schreiben konnte und kein Recht hatte, etwas zu besitzen, von ihrem Mann etwas zu fordern oder sich eigenständig fortzubilden, bestand sie mit allem Nachdruck darauf, nicht wie eine dumme gottlose Samariterin behandelt zu werden.

»Spätestens seit dem Tag, an dem diese Horde blindwütiger Samariter den Tempel von Jerusalem zerstörte«, sagte sie immer, »verachte ich diese Ketzer!« So nannte sie alle Samariter.

Also hatte sie meinem Vater und mir befohlen, sofort nach dem Verzehr der Trauben in den Tempel zurückzukehren und uns dort nicht von der Stelle zu rühren. Sie selbst folgte uns in gebührendem Abstand und kniete sich dann in einem anderen Teil der Halle auf den Boden. Ob der Genuss der Trauben sündhaft war?, hatte sie meinen Vater vorher gefragt, worüber der nur den Kopf schüttelte. Ich aber bemerkte, dass meine Mutter wieder einmal in große innere Bedrängnis geriet.

»Ich hab Hunger«, sagte ich. Auf dem Vorplatz herrschte noch mehr Getümmel als am Morgen. So viele Menschen auf einem Fleck war meine Mutter nicht gewöhnt und sie fand auch keinen Gefallen daran. Im Gegensatz zu meinem Vater, der sich jedes Mal auf die vier Tage dauernde Reise nach Jerusalem freute und am liebsten die meiste Zeit auf dem überfüllten Basar verbracht hätte, zog sie die Stille vor.

Ich glaube nicht, dass sie sich vor den Tausenden von unbekannten Menschen fürchtete. Und es war auch nicht so, dass ihre religiöse Gesinnung, die sehr stark ist, ihr verbieten würde, die Darbietungen der Komödianten zu bewundern und dem Geschrei der Händler zuzuhören, die versuchten, jeden übers Ohr zu hauen, der bloß mit einem halben Ohr zuhörte. Auch die aufdringlichen Geldwechsler schienen sie nicht zu stören, da sie sowieso keine Münzen zum Tauschen besaß, denn das wenige Geld, das wir auf die Reise mitnahmen, hütete mein Vater.

Was meine Mutter in der Seele schmerzte und weshalb sie immer auch ein wenig froh war, wieder in ihr Dorf zurückzukehren, hatte, glaube ich, mit dem Krach im Allgemeinen und dem Lärm der Menschen im Besonderen zu tun.

So innig wie ihre Familie liebte meine Mutter die Stille der Nacht und das Schweigen beim Gebet. Ich glaube, sie verspürte einen Hunger nach Lautlosigkeit, so wie ich auch. Anders als ich schämte sie sich dafür, immerhin hatte sie Kinder und Freundinnen, die ein Recht auf Geschnatter und Plauderei hatten. Und doch: Nichts gab ihr mehr Kraft, nichts besänftigte sie mehr als eine Stunde ohne jedes gesprochene Wort, ohne Klirren und Hämmern aus der Werkstatt meines Vaters, ohne das Scheppern von der Straße, ohne das Muhen der Kühe, ohne das Gequengel von uns Kindern.

Manchmal verlor sie die Geduld und verbot uns zu spielen und im Garten herumzutollen. Manchmal, glaube ich, verstand sie sich selbst nicht. Und wenn sie dann einen Blick auf mich, ihren ältesten Sohn, warf, wurde sie unruhig und erschrak, wie mir schien. Vielleicht verlor sie in solchen Momenten das Vertrauen in sich und ich hätte sie gern getröstet. Doch ich wusste, sie würde es nicht zulassen.

»Warum seufzt du?«, fragte ich.

»Wegen der Hitze«, entgegnete meine Mutter schnell.

»Es ist nicht heiß, Mutter.«

»Lass uns sehen, ob wir ein paar gute Nägel kaufen können«, sagte mein Vater. Er war ein hart arbeitender Zimmermann und der Meinung, er habe ein Recht auf Vergnügen und ein wenig Entspannung zwischen all der Plackerei und den Gebeten. Und ich stimmte ihm zu. Immerhin nahm er jedes Jahr die beschwerliche Reise auf sich und vernachlässigte seine Werkstatt, was bedeutete, es entgingen ihm mindestens drei neue Aufträge. Er packte eine Menge Sachen ein, redete dem Esel gut zu und ebenso den Nachbarn, damit diese sorgfältig auf meine kleinen Geschwister aufpassten, und dann erreichten wir nach endlosen Tagen unser Ziel, wo gegessen und getrunken wurde und man alte Bekannte traf und vielleicht sogar neue Freunde oder auch – warum nicht?, sagte sich mein Vater – Geschäftspartner.

»Dauernd denkst du ans Geschäft!«, sagte meine Mutter. »Du versündigst dich.«

»Ich versündige mich nicht, ich habe eine Familie zu ernähren.«

Bei all seiner schweren Arbeit achtete mein Vater die Gebote, er betete zweimal am Tag, morgens und abends, er besuchte regelmäßig die Synagoge und legte größten Wert darauf, dass wir, seine Söhne, die Bibel lasen und frühzeitig lernten, unsere Hände zu gebrauchen. »Wer seinen Sohn kein Handwerk lehrt, lehrt ihn zu stehlen«, pflegte er zu sagen.

Mein Vater war ein einfacher, wenngleich geachteter und durchaus erfolgreicher Zimmermann, dessen erster Gedanke an jedem Tag dem Wohl seiner Familie und dessen zweiter Gedanke der Ehrfurcht vor Gott galt. Und es leuchtete ihm nicht im Geringsten ein, wieso er deswegen nicht einmal im Jahr ausgelassen und vergnügt und vielleicht sogar ein wenig übermütig sein durfte. Zumindest was den Kauf von Nägeln und dergleichen betraf. Und im Stillen, denn ich wollte meine Mutter nicht verärgern, teilte ich seine Einstellung.

»Dann gehe ich allein auf den Basar«, sagte er.

»Nein«, sagte meine Mutter. »Dein Gebet ist noch nicht vollendet, du warst unaufmerksam, ich habe dich beobachtet.«

Das war bestimmt gelogen. Aber wahrscheinlich war meine Mutter der Meinung, die Lüge diene einem höheren Zweck.

»Woher willst du wissen, dass ich unaufmerksam war?«, fragte mein Vater missmutig.

»Frag deinen Sohn!«

»War ich unaufmerksam?«, fragte er mich.

»Ich weiß nicht, ich habe gebetet.«

»Siehst du?«, rief meine Mutter und wandte den Blick von einem spärlich bekleideten Jüngling ab, der einen kuriosen Tanz aufführte, indem er seinen Oberkörper wie eine Schlange bog und wild mit den Beinen zuckte wie ein neugeborenes Lamm. Begeistert warfen ihm die Zuschauer Münzen vor die Füße.

»Was seh ich?«, rief mein Vater. »Was soll ich sehen?«

»Dein Sohn hat gebetet und du nicht.«

Auch mein Vater sah jetzt dem Tänzer eine Weile zu, bevor er das Wort wieder an meine Mutter richtete.

»Ich will mich nicht streiten. Ich will, dass du mit mir auf den Basar kommst!«

»Nein!«

Inmitten des ausgelassenen Treibens gab es einen kleinen Kreis, in dem es ziemlich still war. Und in diesem Kreis standen meine Mutter, mein Vater und ich. Ich gab immerhin ein winziges Geräusch von mir. Ich schmatzte. Ich hatte Durst, gewaltigen Durst.

»Ich habe gebetet«, sagte mein Vater nach einer Weile. »Ich bete immer. Aber der Mensch ist nicht für den Tempel da, sondern der Tempel für den Menschen.«

Meine Mutter starrte ihn entsetzt an.

»Bist du verrückt geworden?«, rief sie laut. Ein paar Vorbeigehende sahen sich nach ihr um und legten die Stirn in Falten. »Was redest du da? Bist du vom Teufel besessen wie ein Samariter? Wer flüstert dir diesen Wahnsinn ein? Der Mensch ist nicht für den Tempel da! Der Tempel ist für den Menschen da! Um Gottes willen! Wenn du weiter so sprichst, reise ich sofort nach Hause. Allein!«

Sie schaute ihm mit einer Mischung aus Entsetzen und tiefer Besorgnis in die Augen. Wie immer standen ihm die Brauen wie braune Stacheln ab, und sooft meine Mutter ihn auch bat, sie abzuschneiden, sooft versprach er es, und dabei blieb es dann.

Nachdem meine Eltern eine Weile reglos dagestanden hatten, sagte ich: »Mein Vater hat Recht. Der Tempel ist für den Menschen da, genau wie der Sabbat, und nicht umgekehrt.«

Meine Mutter traute ihren Ohren nicht.

»Sag das noch mal!«, fuhr sie mich an.

»Der Tempel ist für den Menschen da, genau wie der Sabbat, und nicht umgekehrt.«

»Dafür hast du eine Ohrfeige verdient!«

Ich hielt ihr die rechte Wange hin, meine Mutter ist Linkshänderin.

Aber sie unternahm nichts. Sie sah mich nur an, streng und wütend.

»Achte deine Mutter!«, sagte sie. »Und achte die heiligen Gebote. Und benimm dich nicht wie ein Ketzer. Dein Leben fängt gerade erst an. Spiel nicht damit!«

»Ich spiele nicht«, sagte ich. »Ich sage dir, mein Vater hat Recht.«

»Und ich sage dir, du bist ungezogen, und wenn wir

zu Hause wären, würdest du Hausarrest bekommen, fünf Tage lang.«

»Ich habe Durst«, sagte ich, als hätte ich die Worte meiner Mutter nicht gehört.

»Gehen wir einen Schluck Wein trinken«, sagte mein Vater.

Gewöhnlich trank er keinen Wein. Nur hier in der Stadt. Zur Feier des Tages, wie er meinte. Und weil, wie er behauptete, in einem guten Rotwein der Atem Gottes sei. Worte, die meine Mutter verwerflich fand.

»Ja«, sagte ich. »Trinken wir Wein.«

»Du bist zwölf Jahre alt!«, sagte meine Mutter empört.

»Heute trinke ich den ersten Wein meines Lebens.«

»Nein!«

Auch im letzten und vorletzten Jahr hatten meine Eltern mich mitgenommen, während meine Brüder bei den Nachbarn bleiben mussten. Doch weder im letzten noch im vorletzten Jahr hatte ich Lust auf Wein verspürt, überhaupt war ich damals viel lustloser gewesen, auch gelangweilter und müder. In diesem Jahr aber fühlte ich mich wie ein anderer Mensch. Als wäre ich nicht nur ein Jahr älter geworden, sondern mehrere Jahre. Als wäre ich gereift wie ein besonderer Wein, verstehst du, was ich sagen will? Damals hatte ich keine Worte für die Veränderung, die ich überdeutlich wahrnahm. Ich wusste, dies war ein außergewöhnliches Fest, und ich war ein besonderer Teil davon.

Später habe ich begriffen, dass das Außergewöhnliche nicht das Fest allein war. Sondern das, was am Rand geschah, am Rand der Stadt und tief in mir. Du wirst mein Zeuge sein.

Zu meiner Mutter sagte ich: »Lass uns hingehen, heute Nacht reisen wir ja schon wieder ab.«

»Gott sei Dank«, sagte sie.

III

Trinkt noch einen Schluck!«, sagte mein Vater und hielt meiner Mutter und mir die Tonschale hin. Er war bester Laune und seine Aufmerksamkeit galt dem Händler mit der dunkelbraunen Haut, der eine rot bemalte Holzkiste voller Nägel in allen Größen vor sich stehen hatte. Nach dem Umtrunk wollte mein Vater zu ihm gehen und ein Geschäft abschließen.

»Beeilt euch, denn er macht den Eindruck, als wolle er weiterziehen!«, sagte er.

Tatsächlich schüttelte der Händler die Kiste, wie um zu kontrollieren, wie viele Nägel er bereits verkauft hatte. Dann setzte er sich eine Ledermütze auf.

»Wenn du unbedingt etwas kaufen willst, geh zu ihm«, sagte meine Mutter. Ständig wurde sie angerempelt und gestoßen, und das Einzige, was sie anscheinend interessierte, war, eine Möglichkeit zu finden, endlich dem Gedränge zu entkommen.

Hätte sie geahnt, dass sich zu dieser Zeit fast hunderttausend Menschen in der Stadt aufhielten, sie wäre vermutlich schreiend in die Wüste gelaufen und zehn Tage in völliger Einsamkeit dort geblieben. So wie du, wie ich gehört habe.

»Komm«, sagte mein Vater zu mir.

Zuerst wollte ich noch einen Schluck trinken. Ich nahm die Schale in beide Hände und atmete den Duft des schweren roten Weines ein. Beim ersten Schluck war ich ein wenig erschrocken gewesen, ich hatte den Wein auf der Zunge wie ein eigenartig pelziges Gewicht empfunden und mich nicht recht getraut zu schlucken. Erst als mein Vater mir zugenickt und mich mit einer Handbewegung aufgefordert hatte mich zu beeilen, ließ ich die warme Flüssigkeit den Gaumen hinunterlaufen. Anschließend riss ich den Mund auf, weil ich glaubte, auf diese Weise würde mir weniger schwindlig werden. Denn kaum war der Wein in meinem Magen, wankte ich und verlor für einige Sekunden das Gleichgewicht. Danach jedoch fühlte ich mich leicht und auf eine angenehme Art genährt.

Nun, beim zweiten Mal, setzte ich die Schale entschlossen an die Lippen, und der Schluck, den ich nahm, war deutlich größer als der erste. Auch taumelte ich nicht mehr, sondern sah meinen Vater mit festem Blick an, und dieser Blick bedeutete nichts anderes als: Ich erlaube mir noch einen!

Allerdings verweigerte mir mein Vater die Erlaubnis.

»Genug jetzt«, sagte er streng, nahm mir die Schale aus der Hand und gab sie dem Verkäufer zurück, einem rotwangigen jungen Kerl, der aus der Nähe von Gaza stammte und die Absicht hatte, ein Schiff zu bauen, um seinen Wein bis hinüber nach Griechenland zu verkaufen.

»Die Griechen besitzen ihren eigenen Wein«, hatte ich zu ihm gesagt.

Worauf der junge Kerl entgegnete: »Die Griechen sind Pfuscher.«

Und auch wenn ich dieses Wort noch nie gehört hatte und mir auch nichts darunter vorstellen konnte, hatte ich erwidert: »Wieso urteilst du über Leute, die du nicht kennst?«

»Glaubst du, ich streite mich mit einem wie dir?«, hatte der Weinhändler ausgerufen. Und bevor ich erneut ansetzte, etwas zu sagen, griff mein Vater ein und bestellte eine Schale Wein.

Meiner Mutter, die, wie es ihre Pflicht war, zum Disput der Männer geschwiegen hatte, war diese Begegnung zutiefst unangenehm und sie mochte den jungen Mann auch nicht. Gewiss hielt sie ihn für einen Samariter oder zumindest für einen Mann, der mit einer Samariterin verheiratet war.

Als mein Vater und ich auf den Nägelverkäufer zugingen, machte sie ein paar Schritte von dem Ausschank weg und vermied jeden weiteren Blickkontakt mit dem jungen Mann. Ihr, wie auch mir, war nicht verborgen geblieben, dass er sie vom ersten Moment an gemustert und versucht hatte, ihr zuzublinzeln. Obwohl sie bereits fünfundzwanzig Jahre alt war und bisher vier Söhne und zwei Töchter geboren hatte, war sie eine hübsche, durchaus auffallende Frau, deren schmales Gesicht mit dem anmutigen Mund und den blauen Augen manche Männer auf gewisse Gedanken brachte, die man ihnen im Gesicht ansah.

Zum Glück bekam mein Vater von derartigen Geschichten nicht das Geringste mit, und ich wusste, meine Mutter war auch nach zwölf Jahren Ehe noch immer verliebt in ihn und bewunderte ihn für seinen Fleiß und das Ansehen, das er als zuverlässiger und erfindungsreicher Zimmermann genoss.

»Was sagst du zu den Nägeln?«, fragte mich mein Vater.

»Sie sind nicht gut gespitzt«, sagte ich.

»Hör mal, Kleiner, was verstehst du denn davon?«, schimpfte der Verkäufer mit der Ledermütze.

»Wenn ich eine Truhe herstelle«, sagte ich mit ruhiger Stimme, »und es ist eine kostbare Truhe, aus Zedernholz zum Beispiel, mit Verzierungen und Goldornamenten auf der Vorderseite, dann kann es nicht sein, dass nach kurzer Zeit die Wände oder die Schubladen auseinander brechen. Wir verwenden nur die besten und spitzesten Nägel, auch wenn sie teuer sind, zu teuer für die meisten unserer Kunden. Wenn wir also Geld ausgeben für Nägel, dann müssen sie etwas taugen, und deine Nägel taugen nicht viel, das sehe ich.«

»Einen altklugen Sohn hast du da«, sagte der Händler zu meinem Vater.

»Er hat von mir gelernt. Und er hat bessere Augen als ich. Die Augen hat er von seiner Mutter geerbt, sowohl was die Farbe angeht als auch die Sehstärke.«

»Hä?«, sagte der Händler. In *seinen* Augen hatte er niemand anderes als einen betrunkenen Bauern und dessen verzogenen Jungen vor sich, der ihm auch noch das Geschäft mit seinen dummen Bemerkungen verdarb.

»Verzieht euch!«, rief der Händler. »Verschwindet oder ich hol einen Soldaten!«

Wie du weißt, halten überall, an den Rändern des Basars, an den Knotenpunkten der Wege, rund um den Tempel und vor den öffentlichen Gebäuden, bewaffnete Römer Wache. Was glaubst du? Fürchten sie, der Volksauflauf könnte in einen Massentumult ausarten und umstürzlerische Ausmaße annehmen? Davor hat unser Herodes Antipas am meisten Angst, nicht wahr?

Dabei denkt bei diesem Fest kein Mensch an Politik. Die Römer könnten also ganz entspannt sein. Stattdessen reagieren sie beim kleinsten Zwist mit brutalen Maßnahmen, trennen die Streithähne mit Waffengewalt und werfen den einen oder anderen, je nach Laune, in den Kerker, ganz gleich, wie läppisch sein Vergehen auch gewesen sein mag. Das ist heute so, und damals, als mir das Ungeheuerliche widerfuhr, war es genauso.

Deshalb nahm mich mein Vater am Arm und dirigierte mich in Richtung meiner Mutter, die voller Ungeduld auf uns wartete.

»Er ist ein Betrüger«, sagte ich.

»Was kümmert uns das?«, meinte mein Vater, der sich einbildete, von den drei Soldaten, die plötzlich aus einer Seitengasse kamen, bedrohlich beäugt zu werden.

»Wir könnten ein neues Lineal gebrauchen«, sagte ich.

»Hm«, machte mein Vater und atmete erleichtert auf, als die Soldaten keine Notiz von ihm nahmen.

»Warte!«, rief ich und blieb abrupt stehen.

An einem Verschlag hatte ich etwas beobachtet. Zuerst begriff ich nicht, was es war, dann sah ich genauer hin. Hinter einem wackligen Zaun lief jemand rastlos hin und her. Von einer Seite zur nächsten. In einer Sekunde glaubte ich einen nackten Fuß zu erkennen, in der anderen nur einen Schatten.

»Ich komme gleich!«, rief ich und rannte zwischen mehreren mit Kleidern voll gehängten Buden auf die Bretterwand zu.

Die Latten waren alt und morsch und mit einem Seil notdürftig aneinander gebunden. Mir fiel sofort auf, dass sie miserabel gehobelt waren, überhaupt wirkte der Zaun, als wäre er in aller Eile errichtet worden und nicht dazu bestimmt, länger als drei Tage zu halten. Der Zaun war etwa fünf Meter lang und etwa zwei Meter hoch.

Darauf bedacht, kein Geräusch zu verursachen, blickte ich durch eine der vielen Lücken zwischen den Brettern. Und was ich sah, ließ mich erschaudern.

Da war ein nackter Fuß und ein zweiter nackter Fuß, zwei Füße, die zu einem Menschen gehörten, zu einem jungen Menschen, zu einem Mädchen!

Auch wenn ich nicht die ganze Person erkennen konnte, denn sie bewegte sich nah am Zaun entlang, so zweifelte ich keine Sekunde daran, dass es die Beine eines Mädchens waren. Eines Mädchens, das an einem Pflock festgebunden war! Jemand hatte ein Seil um den Knöchel des linken Beines gebunden und das andere Ende um einen runden Holzklotz gewickelt.

Aber wieso bindet sie sich nicht los?, dachte ich. Ich sprang auf, lief an der Holzwand entlang und blickte auf die andere Seite.

Das Mädchen, von dem ich bisher nur die Beine kannte, starrte mich zu Tode erschrocken an. Es hatte langes schwarzes Haar, ein rundes Gesicht und einen Mund, wie ich noch nie einen gesehen hatte. Die Lippen waren voll und rot und für mich hatten sie die Form zweier Wellen, die sich umarmen.

Vor Aufregung versagte mir die Stimme.

Dafür öffnete das Mädchen weit den Mund – dieses Wunder von Mund! – und fing an, Laute von sich zu geben. Laute, die so eigenartig und heiser klangen, dass ich einen Schritt näher trat, um sie besser zu verstehen.

Das Mädchen wich vor mir zurück und dabei vergaß es, dass es gefesselt war. Es stolperte über das Seil und fiel hin. Erst jetzt begriff ich, warum das Mädchen sich nicht schon längst befreit hatte.

Auch ihre Hände waren mit einem dünnen Seil auf dem Rücken gefesselt. Und zwar so fest, dass sie bluteten. Die Handgelenke waren von Striemen bedeckt.

Hastig kniete ich mich neben sie und versuchte die Knoten zu öffnen.

Doch das Mädchen stieß mich mit einer Kraft weg, die ich nicht erwartet hatte. Ich fiel nach hinten und lag jetzt selber im Gras.

Das Mädchen lachte heiser. Und gleichzeitig weinte es. Immer wieder blickte es zu den beiden Enden des Zaunes, als erwarte es jeden Moment die Rückkehr seines Peinigers.

Inzwischen hatte ich mich wieder aufgerichtet, Erdkrümel von meinem Mantel geklopft und mir mit den Fingern die Haare gekämmt, die mir bis über die Ohren reichten.

Als ich erneut anfing, die Knoten an den Händen des Mädchens zu lockern, versuchte sie, sich ein zweites Mal loszureißen. Aber diesmal passte ich auf. Mit einer Hand hielt ich ihren Arm fest, mit der anderen hörte ich nicht eher auf, an den Fesseln herumzuzerren, bis diese sich wie von selbst entknoteten.

Endlich konnte das Mädchen ihre Hände wieder frei bewegen. Ihre Unterarme waren voller roter Flecken und Wunden. Sie verschränkte die Arme und Tränen liefen ihr über die blassen, fast elfenbeinweißen Wangen.

Ich sagte ihr meinen Namen.

In all dem Schluchzen und Keuchen brachte das Mädchen kein Wort heraus. Mit angstvollen Augen blickte sie weiter zum Zaun und merkte nicht, wie ich ihr das Seil vom Fuß nahm.

»Steh auf«, sagte ich.

Sie schüttelte heftig den Kopf.

»Ich halte dich fest.«

Sie duckte sich, als befürchte sie Schläge.

Auch ihre Füße bluteten. Und ich sah, dass diese Füße eine einzigartige Form hatten. Auch wenn ich zugeben muss, dass ich nicht sehr viele Mädchenfüße in meinem Leben gesehen habe, außer die meiner Schwestern, die allerdings Plattfüße haben und unglaublich krumme Zehen.

Dieses Mädchen dagegen hatte Zehen wie von einem Künstler geformt.

Behutsam griff ich nach ihren Händen.

»Steh auf«, sagte ich leise, um sie nicht zu erschrecken. »Du kannst doch stehen. Ich habe dich gehen sehen.«

Wortlos und anscheinend ohne besondere Mühe erhob sie sich.

»Du hast mich beobachtet?«, sagte sie. Es kam mir vor, als würde ihre Stimme auf Samtschuhen in meine Ohren hineinspazieren. Ich dachte, vielleicht bin ich betrunken, vielleicht verwirrt mich der Wein und alles ist nur Traum.

»Da kommt jemand!«, rief das Mädchen, lief zum Zaun und sah zwischen den Brettern hindurch. Dann fuhr sie herum. »Wir müssen weg! Schnell weg!«

Bevor ich mich für eine Richtung entscheiden konnte, hatte das Mädchen mich an der Hand gepackt und rannte quer über die Wiese auf einen dichten Tannenwald zu. Ich taumelte hinter ihr her, spürte spitze Steine, die mir an den nackten Füßen wehtaten, blieb an einem Strauch hängen und mein Mantel verhedderte sich. Doch um innezuhalten, war keine Zeit. Das Mädchen lief immer schneller. Ihre Hand umklammerte meine und ihr fester Griff setzte sich auf eine mir rätselhafte Weise bis in meinen Bauch fort. Ich schnappte nach Luft, nicht nur, weil ich mehr und mehr außer Atem geriet. Sondern weil in meinem Körper, speziell im Magen, ein Tumult herrschte, der dem auf dem Basar glich.

Und je länger das Mädchen mich festhielt und je näher wir dem Wald kamen, desto wilder wurde mein inneres Gebaren.

Und als wir die ersten Bäume erreichten und uns, gleichzeitig und wie geplant, nebeneinander an einen dicken Stamm lehnten und das Mädchen mich losließ, schnellten meine Hände nach vorn und ich hielt ihren Kopf fest. Und ich küsste sie auf den Mund.

Zum ersten Mal küsste ich. Ich hatte darüber gelesen, aber die Worte reichten nicht an das heran, was ich empfand. Dafür gab es keine Worte. Nur einen scheuen Blick. Und ein scheues Schweigen.

Mein Kuss dauerte weniger als eine Sekunde, aber es war, als habe Davids Stein mitten in meinem Herzen eingeschlagen.

Und es dauerte kaum länger als eine weitere Sekunde, bis ich dachte, David habe seine Schleuder ein zweites Mal bedient und mich im Gesicht getroffen.

Das jedoch war die Hand des Mädchens.

Obwohl es eine Ohrfeige war, reichte die Berührung von der Wange bis hinunter in meinen Bauch.

Sehr langsam drehte ich den Kopf.

Sie sah mich aus großen dunklen Augen an.

»Warum hast du das getan?«, fragte sie mit brüchiger Stimme.

»Niemand hat das Recht, dich anzubinden. Bist du ein Esel?«

»Nein«, sagte sie.

Um alles in der Welt wollte ich sie umarmen. Aber meine Arme trauten sich nicht.

IV

Aus der Ferne drangen tausend Stimmen und Geräusche in unser Versteck. Geschrei von Kindern, unverständliche Dialekte, das verzweifelte Blöken von Lämmern, die geschlachtet, und das Kreischen von Vögeln, die verkauft wurden, Trommelschläge und Lautenklänge und gelegentlich ein schöner Gesang oder das Miauen einer Katze.

An der Stelle, wo wir uns zwischen Sträuchern und Farnen auf den von Nadeln übersäten Boden gesetzt hatten, war es beinahe dunkel. Zwar schien irgendwo draußen die Abendsonne, doch den mächtigen Tannenwald und das dichte Gestrüpp konnten ihre Strahlen nicht durchdringen.

Von meiner Umgebung bekam ich nicht viel mit. Jeden meiner Blicke widmete ich dem Mädchen in der gelben Kutte. Sie hatte die Beine angezogen, die Arme um die Knie geschlungen und den Kopf gebeugt, so dass ihr Haar wie ein schwarzer Schleier ihr Gesicht verhüllte.

Seit unendlich langer Zeit hatten wir kein Wort gesprochen.

Erst als das Mädchen den Kopf hob und sich mit

einer ruckartigen Geste über die Augen wischte, sagte ich schnell: »Warum verrätst du mir nicht deinen Namen?«

»Ich höre deinen Dialekt«, sagte sie. »Woher kommst du?«

Ich sagte es ihr. »Und du?«

»Ich bin hier in der Stadt geboren!« Stolz schwang in ihrer Stimme, und ich überlegte, ob nicht auch ein wenig Hochmut dabei war.

»Hast du deine Stadt schon jemals verlassen?«, fragte ich.

»Natürlich nicht«, sagte sie. In Windeseile verknotete sie mit geschickten Fingern ihr Haar. Nun wirkte ihr Gesicht noch runder, voller und weißer, falls das überhaupt möglich war. Sie sah aus, als würde sie nie in die Sonne gehen.

»Ich aber habe mein Dorf schon dreimal verlassen«, sagte ich. »Ich bin weit gereist bis hierher zu euch. Ich habe mehr von unserem Land gesehen als du.«

»Angeber!«, sagte sie und stand auf.

Auf eine unheimliche Weise fühlte ich mich durch diese Bewegung aus ihrer Nähe verstoßen.

»Setz dich doch wieder«, sagte ich etwas hilflos.

»Meine Beine sind taub«, sagte sie.

Also erhob ich mich ebenfalls.

Stumm standen wir uns gegenüber. Und ich hörte nicht auf, sie anzusehen.

»Mein Name ist Rut«, sagte sie schließlich.

»Rut«, wiederholte ich.

»Ich kenne dich nicht«, sagte sie. Dann kniff sie die Augen zusammen und sah über die Sträucher hinweg in den Wald, beunruhigt, wie mir schien, und voller komplizierter Gedanken.

»Wer hat dich gefesselt, Rut?«, fragte ich.

»Das sag ich nicht.«

»Dein Vater?«

»Ich sag es nicht.«

»Warum hat er das getan?«

»Warum bindet man ein Tier an?«, fragte sie, legte den Kopf schief und horchte. Von fern war der Trubel des Basars zu hören. Und in einem nahen Wipfel hockte eine Krähe und schrie. Nach einer Weile erhielt sie von einer anderen Krähe Antwort.

»Man bindet es an, damit es nicht wegläuft«, sagte ich. »Oder damit es einem nicht dauernd hinterherläuft, wie Rana, unser Esel.«

»Ihr habt euerm Esel einen Namen gegeben?«, sagte Rut überrascht. Obwohl es immer dunkler wurde, sonnte ich mich in ihrem Blick.

»Alle unsere Tiere haben Namen. Tiere sind auch Lebewesen.«

»Aber es sind Tiere!«, sagte Rut entschieden. »Wir brauchen sie für die Arbeit oder wir schlachten sie, um sie zu essen.«

»Dennoch sind es Lebewesen. Man kann mit ihnen sprechen.«

»Und was spricht euer Esel so?«

Beleidigt schaute ich weg.

Wieder schwiegen wir lange.

»Mein Vater ...«, begann Rut, verschränkte die Arme und zog die Schultern hoch wie unter Schmerzen. »Mein Vater ... er hat geglaubt, ich würde weglaufen ... ich wäre aber nicht weggelaufen ... er ist misstrauisch ...«

»Und hartherzig und gewissenlos«, sagte ich.

»Was weißt du von meinem Vater!«, fuhr Rut mich an. »Du weißt gar nichts! Du kennst ihn nicht, ebenso wenig wie mich. Ich bin seine Tochter, er darf über mich verfügen, das ist sein Recht! Ich bin eine Frau, ich habe zu gehorchen.«

»Niemand hat das Recht, dich an einen Pflock zu binden wie ein Stück Vieh!«, sagte ich laut.

»Schrei nicht so! Willst du, dass sie uns finden?«

Auf einmal ging Rut voller Unruhe auf und ab, suchte den Wald nach bedrohlichen Schatten ab, spähte durchs Unterholz, kratzte, ohne es zu merken, mit den Fingern über die Rinde eines Baumstamms und ihre Fingerkuppen fingen an zu bluten.

»Hat er dich geschlagen, dein Vater?«, fragte ich.

»Nein!«, rief Rut und hielt sich erschrocken die Hand vor den Mund. »Nein«, wiederholte sie leise. »Nein, er hat mich noch nie geschlagen. Das tut er nicht. Aber er sorgt sich um mich, und ich bin störrisch, ich kann störrisch sein wie ein Esel. Dann mache ich, was ich will. Und er fürchtete, ich würde nicht mehr da sein, wenn er zurückkäme, mit meinem Verlobten.«

»Du bist verlobt?«, fragte ich und hatte sofort Angst vor der Antwort. Zum Glück merkte Rut nichts davon.

»Noch nicht«, sagte sie. »Mein Vater sucht gerade einen Verlobten für mich aus. Und er sagt, das Fest ist ein heiliger Anlass dafür. Und weil ich in den vergangenen Wochen öfter das Haus allein verlassen habe, ohne zu sagen, wohin ich gehe, und später auch nicht gesagt habe, wo ich war... Ich bin nur herumgelaufen, nichts weiter. Ich seh den Arbeitern zu, wie sie den Tempel vervollkommnen, und ich beneide sie um ihre Arbeit... Also hat mein Vater gedacht, er bindet mich besser an. Siehst du? Er meint es nicht böse. Er sorgt sich nur um mich.«

»Aber ich habe gesehen, wie du dich gefürchtet hast. Du wolltest nicht gefesselt sein! Du wolltest frei sein! Du lässt dich nicht anbinden wie ein Stück Vieh!«

»Was geht dich das überhaupt an?«, sagte Rut und wandte mir den Rücken zu.

So aber wollte ich nicht mit mir umspringen lassen. Ich packte Rut an der Schulter, drehte sie zu mir herum und schubste sie weg. Beinah wäre sie über eine Wurzel gestolpert und hingefallen.

»Ich werde nicht zulassen, dass er das noch einmal macht!«, schrie ich.

»Sei still«, flehte sie, »sei doch still, bestimmt sucht er mich schon, und meine Brüder helfen ihm dabei und...«

»Nein!«, rief ich und trat so energisch auf Rut zu,

dass sie den Rücken ängstlich gegen einen Baum presste und nicht wagte, auch nur zu atmen. »Ich weiß wohl, dass Männer Macht über Frauen haben, das habe ich schon begriffen, und ich weiß, dass Frauen lernen müssen zu gehorchen, dass sie ihren Mann mit Herr anzusprechen haben und für alles verantwortlich sind, was im Haus geschieht, dass sie sich um die Kinder kümmern müssen und kein Recht auf Besitz haben, und es ist ganz gleich, wie ihr Mann sie behandelt, sie darf sich nicht scheiden lassen. Ich weiß, was geschrieben steht ...«

»Du versündigst dich ...«, flüsterte Rut. Und fügte so leise an, dass ich sie kaum verstand: »Du ... du bist selbst ein ... Mann ... du darfst dir bald eine Frau nehmen ...«

»Nein!«, rief ich. »Du begreifst nicht, was ich dir sage! Es geht nicht um mich, ich bin nur ein Diener, ich erhebe mich nicht über andere. Aber du kannst dich wehren, du darfst dich nicht erniedrigen lassen, das darfst du nicht! Nie wieder wird dich ein Mann an einen Pflock binden wie ein Stück Vieh!«

Ich hielt inne. Und in der Stille, die entstand, schienen alle Geräusche des Waldes zu versinken wie in Morast. Kein Vogel sang, kein Ast bewegte sich im Abendwind, die Stimmen in der Ferne schienen schlagartig verstummt zu sein.

Sie war so in ihre Gedanken verstrickt, dass sie nicht merkte, wie ich ihre Hand nahm. Und sie bemerkte auch nicht, wie ich ihre Wange streichelte. Erst nachdem ich einen Schritt von ihr weggegangen war, zuckte sie zusammen.

»Was hast du getan?«, flüsterte sie.

»Nichts«, sagte ich. »Lass uns zurück in die Stadt gehen. Es ist Nacht, niemand wird uns sehen.«

»Deine Eltern warten auf dich.«

»Ich bleibe bei dir.«

»Aber warum denn?«

»In deiner Nähe bin ich jetzt richtig«, sagte ich ernst.

»Deine Eltern werden vor Angst um dich sterben.«

»Sie sterben nicht.«

»Man darf nicht einfach weglaufen«, sagte sie. Verwundert betrachtete sie ihre Hand.

»Ich will bei dir sein«, sagte ich.

»Was wir tun, ist verboten.«

»Das glaube ich nicht«, sagte ich, nahm wieder ihre Hand und lächelte.

Fast erschrocken sah Rut mich an. »Du hast ja eine Zahnlücke da oben!«, sagte sie.

V

Vor der Stadtmauer loderten Feuer inmitten provisorisch aufgestellter Zelte. Die meisten Besucher übernachteten jedoch im Freien, legten sich auf Strohmatten oder direkt auf die Erde, eingehüllt in Mäntel und Decken, denn die Nacht war kalt. Soldaten patrouillierten über das Gelände, schlugen in regelmäßigen Abständen klirrend mit ihren Schwertern auf ihre Schilde, um für Ruhe zu sorgen. Was ihnen meist auch gelang. Streitigkeiten zwischen angetrunkenen Pilgern zu schlichten gelang ihnen dagegen selten, da sie deren Sprache nicht beherrschten. Den meisten Besuchern des Festes war klar, dass sie besser daran taten, sich ruhig zu verhalten, wenn eine Gruppe bewaffneter Römer näher kam. Und diejenigen, die glaubten, sie würden mit den verhassten Besatzern schon fertig werden, wachten am nächsten Morgen im Kerker auf, und ihr Schicksal war ungewiss.

Als Rut und ich uns einem dieser eilig errichteten Lager näherten, hörten wir schon von weitem laute Männerstimmen.

»Lass uns einen anderen Weg nehmen«, flüsterte Rut. Sie ging zwei Schritte hinter mir und obwohl ich bisher kein Wort darüber verloren hatte, wo ich hin wollte, vertraute sie mir.

Um dir die Wahrheit zu sagen: Ich wusste nicht, wohin ich wollte, ich kannte mich nicht aus in der Stadt. Ich hoffte, der Weg würde sich unter meine Schritte legen und mich leiten.

Kaum hatten wir den Wald verlassen, überkam Rut eine große Angst. Sie atmete laut und kniff die Augen zusammen, um in der Dunkelheit etwas zu erkennen, sie drehte den Kopf hin und her, horchte auf jedes Geräusch, auf jedes Fiepen eines Tiers. Mehr als bisher fürchtete sie wohl die Wut ihres Vaters und besonders ihrer Brüder, womöglich würde ihre Familie sie verstoßen oder gar verkaufen, an einen reichen Pilger aus Galiäa oder sonst woher, und sie würde den Rest ihres Lebens als Sklavin in der Fremde verbringen.

Und nur weil ich scheinbar selbstsicher und zielstrebig vor ihr herschritt, fasste sie wieder etwas Mut. Nicht allzu viel Mut, aber genug, um nicht augenblicklich umzukehren, in den Wald zurückzulaufen und sich für immer dort zu verkriechen.

»Wir verstecken uns hinter dem Wagen«, sagte ich leise.

Wir knieten uns neben eines der Holzräder und spähten vorsichtig zur Feuerstelle, wo vier Männer einen Krug voll Wein kreisen ließen.

»Hoch lebe Israel!«, riefen sie aus vollem Hals. »L'chaim! Auf das Leben! Nieder mit den Römern!«

Sie waren so vertieft in ihre Trinksprüche und der

Wein hatte ihre Blicke so verzerrt, dass sie die beiden Soldaten erst wahrnahmen, als diese ihnen die Sicht aufs Feuer versperrten.

»Israel, das ist der Name des Gelobten Landes!«, rief einer der Pilger, bevor er erschrocken den Krug fallen ließ, der in unzählige Scherben zerbrach. Der Wein versickerte im Gras.

»Wie ist der Name dieses Landes?«, sagte einer der beiden Soldaten, ein kräftiger, breitschultriger Mann, der fließend Hebräisch sprach.

»Israel!«, schrie der Betrunkene.

Da zog der Soldat blitzschnell sein Schwert und stach zu. Der Betrunkene stieß einen fürchterlichen Schrei aus und kippte tot zur Seite.

»Dieses Land«, sagte der Soldat und hob das bluttriefende Schwert, »wird Palästina genannt, wie es unser König Herodes verfügt hat! Habt ihr das vergessen?«

Und weil er keine Antwort erhielt, brüllte er: »Habt ihr vergessen, wo ihr lebt?«

»N-nein …«, sagte einer der drei Pilger, die vor Angst keine Luft bekamen.

»Mitkommen!«, schrie der Soldat. Sein Begleiter hatte bisher kein Wort gesagt und er schwieg auch jetzt, als die drei Betrunkenen schwankend aufstanden und ihrem toten Freund verstohlene Blicke zuwarfen.

»Schneller!«, schrie der Soldat.

Mit hängenden Schultern und bleiernen Schritten schlurften sie vor den Soldaten auf das Stadttor zu.

Rut, die ebenso wie ich alles mit angesehen hatte, klammerte sich an mich und vergrub ihr Gesicht in meinem Mantel. Sie wurde von einem Weinkrampf geschüttelt und presste ihr Gesicht so fest sie konnte an meine Schulter, um jeden Laut zu unterdrücken.

»Sie sind weg«, flüsterte ich.

»Hilf mir, mein Gott ...«, schluchzte Rut. »Hilf mir, bitte, hilf mir ...«

Behutsam legte ich die Arme um sie. So, glaub mir, hatte ich noch nie ein Mädchen gehalten. Und je fester sie sich an mich klammerte, desto mehr spürte ich von ihrem Körper unter der Kutte. Und je mehr ich spürte, desto mehr wollte ich spüren.

Dann stieß sie mich weg.

»Was machst du da?«, rief sie irritiert.

»Nichts«, sagte ich schnell. »Nichts. Was denn?«

»So etwas macht man nicht!«

»Was denn? Was denn?« Ich wusste tatsächlich nicht genau, was sie meinte. Ich hatte nur eine sehr vage Ahnung.

Jetzt lachst du mich aus. Ich werde nicht mitlachen, denn in jenem Moment begann eine andere Zeit in mir, eine zweite Zeit neben der wirklichen. Und diese mir völlig unbekannte Zeit riss mich mit wie ein Strom und ich empfand ein namenloses Glück dabei.

»Das weißt du genau!«, sagte Rut heftig und schniefte und wischte sich, wie schon einmal, übers Gesicht.

»Ja«, sagte ich, um sie zu beruhigen. »Verzeih mir.«

Dann kauerte sie sich flach auf den Boden und bedeckte den Kopf mit den Armen.

»Steh auf«, sagte ich, »wir gehen in die Stadt, dort sind wir sicher. Bestimmt kommen gleich viele Leute, um den Toten abzuholen.«

»Nein!«, flüsterte Rut. Ihre Stimme war kaum zu verstehen, da sie in die Erde hineinsprach.

»Wir können nicht hier bleiben, Rut.«

»Sag meinen Namen nicht!«

»Warum denn nicht?«

»Du hast mich berührt, das darfst du nicht.«

»Ich habe dich umarmt, so wie du mich«, sagte ich.

Sie hob den Kopf. »Ich werde bald heiraten, ich bin eine Jungfrau und du darfst dich nicht an mir vergehen!«

»Das tue ich nicht«, sagte ich.

»Du hättest es beinah getan«, sagte sie und vergrub ihren Kopf wieder unter den Armen.

»Nein«, sagte ich. »Das hätte ich nicht. Ich schwöre es dir.«

Da richtete sie sich ruckartig auf und sah mir ins Gesicht.

»Bist du in die Stadt gekommen, um eine Ehefrau zu suchen?«, fragte sie.

An so etwas hatte ich noch nicht einmal im Traum gedacht. Ich griff nach ihrer Hand, aber Rut wich mir aus.

»Und duck dich, verdammt!«, fügte sie an.

»Darf ein Mädchen so fluchen?«, flüsterte ich.

»Ja!«, sagte sie laut und hielt sich wieder erschrocken die Hand vor den Mund.

»Komm«, sagte ich. »Die Römer haben bestimmt schon einem Totengräber Bescheid gesagt, der wird seinen Helfer wecken und dann werden sie den Toten holen. Und Hunderte werden ihnen folgen. Wir müssen verschwinden.«

»Wohin denn?«, sagte sie mit gepresster Stimme. »Wo sollen wir denn hin? Jeder, der uns begegnet, wird uns fragen, wo unsere Eltern sind. Und was sagen wir dann?«

Furcht stieg wieder in ihr hoch. Von einer Sekunde auf die andere verlor sie jegliche Zuversicht.

»Was ist mit dir?«, fragte ich, denn Ruts verlorener Blick war mir nicht entgangen.

»Nichts«, sagte sie.

»Du fluchst nicht nur«, sagte ich, »du lügst auch.«

»Immer willst du alles besser wissen!«

»Das sagen meine Brüder auch.«

»Kluge Brüder hast du«, sagte sie mürrisch.

»Ich weiß es aber nicht besser«, sagte ich, »ich weiß es so gut wie du.«

»Du bist seltsam«, sagte sie. »Wer bist du?«

»Ich bin der Sohn eines Zimmermanns und arbeite in der Werkstatt meines Vaters.«

»Und was willst du werden?«

»Ich weiß noch nicht, was meine Bestimmung ist.«

»Und wie willst du das herausfinden?«

»Ich warte.«

»Wie lange?«

»Bis es Zeit ist.«

»Und woran erkennst du, dass es Zeit ist?«

»Ich werde es erkennen.«

»Und in der Zwischenzeit wirst du heiraten und Kinder zeugen.«

»Nein«, sagte ich.

»Das ist gegen unsere Lehre. Es heißt, wer eine Frau gefunden hat, hat Glück gefunden und das Gefallen des Herrn erreicht. Und hast du den Psalm vergessen, der lautet: ›Wohl dem Mann, der den Herrn fürchtet und ehrt und der auf seinen Wegen geht. Was deine Hände erwarben, kannst du genießen, wohl dir, es wird dir gut gehn. Wie ein fruchtbarer Weinstock ist deine Frau drinnen in deinem Haus. Wie junge Ölbäume sind deine Kinder rings um deinen Tisch. So wird der Mann gesegnet, der den Herrn fürchtet und ehrt. Es segne dich der Herr vom Zion her. Du sollst dein Leben lang das Glück Jerusalems schauen und die Kinder deiner Kinder sehen.‹«

Mit einem Ausdruck von Strenge und Sorge sah sie mich an. Sie schaute zu mir hoch, denn ich war aufgestanden und wollte weitergehen.

»Fürchtest und ehrst du den Herrn nicht?«, sagte Rut. »Und willst du kein Glück finden?«

»Ich fürchte und ehre den Herrn wie meinen Vater«, sagte ich. »Und ich weiß, es wird Glück für mich geben. Später. Jetzt noch nicht. Aber ich werde nicht heiraten und keine Kinder haben.«

»Dann wirst du ein Eremit. Oder ein verbiesterter Essener.«

»Nein«, sagte ich. »Nein. Nein.«

Obwohl ich energisch dreimal Nein sagte und mir alle Mühe gab, es auch zu meinen, empfand ich einen merkwürdigen Zwiespalt zwischen dem, was ich sagte, und dem, was ich nicht sagte. Ich kannte diesen Zustand nicht, eine solche Unsicherheit war mir neu. Wenn ich in der Synagoge Fragen stellte, wenn ich mir, was immer öfter geschah, eigene Antworten gab, wenn ich also mit mir selber diskutierte und die Worte der Mischna abwog und bewertete, war ich stets überzeugt gewesen, das Richtige zu tun, um zu einer Erkenntnis zu gelangen, die ich im Augenblick vielleicht noch nicht vollständig begriff und in Handlungen umsetzen konnte, von der ich mich jedoch nährte wie von einem köstlichen Brot.

Seit ich aber Rut begegnet war, zogen feine Risse über das Pergament meines inneren Weltenplans, und die Risse wurden immer tiefer. Die alten Worte waren noch immer dieselben, nur klangen sie plötzlich anders, sie hörten sich nicht mehr so rein und erhaben an, sie verwirrten mich. Und sie irritierten mich mehr als alles, was ich schon erlebt und nicht verstanden hatte. Als wollten mir die Worte eigentlich etwas sagen, das ich bisher völlig missgedeutet hatte, etwas, auf das ich bisher nicht geachtet und das mich auch nicht interessiert hatte. Etwas, das ich verleugnet hatte. In diesem Moment war ich mir ganz sicher: Ich hatte die heiligen Worte nicht begriffen! Nicht im Mindesten hatte ich verstanden, welche Botschaft sie enthielten, welchen Rat sie mir wirklich geben wollten, auf welchen Weg sie mich in Wahrheit führten! Und dieser Weg war nicht derselbe, den ich mir selbst in der Abgeschiedenheit meiner Grübeleien zurechtzimmerte.

Und dieser Weg – der einzig wahre, von dem ich plötzlich vollkommen überzeugt war – hatte nur ein einziges Ziel: mit Rut zu leben, Kinder zu zeugen und jenes Glück zu leben, von dem in der Schrift die Rede war.

Rut, dachte ich immer wieder. Rut. Jetzt ist die Zeit des Wartens zu Ende, jetzt erkenne ich, worauf ich gewartet habe, jetzt gehen mir die Worte der Psalmen in Fleisch und Blut über: ›Kinder sind eine Gabe des Herrn, die Frucht des Leibes ist sein Geschenk. Wie Pfeile in der Hand des Kriegers, so sind Söhne aus den Jahren der Jugend. Wohl dem Mann, der mit ihnen den Köcher gefüllt hat!‹

Rut, dachte ich. Rut. Du sollst mein Weg sein, mein Ziel, meine Gegenwart und Sehnsucht, wenn du mich berührst, verschönst du meinen Schatten, und wenn ich neben dir schlafe, weiß ich, dass ich mich nicht fürchten muss, denn deine Nähe ist für den bösen Dämon Aschmodai undurchdringlich.

Ich riss die Augen auf.

Rut hatte meine Hand genommen und führte mich in großer Eile auf die Stadtmauer zu.

»Ich hab eine Idee«, flüsterte sie aufgeregt.

Ich war außer mir über das, was in meinem Innern geschah, und ich betete, die Nacht möge lange dauern und niemand mein Beben bemerken.

Verstehst du? Verstehst du mich?

VI

Durch eines der drei Tore auf der Nordseite der Mauer kehrten wir in die Stadt zurück. In diesem Teil war ich noch nie gewesen. Die Häuser sahen verfallen aus, unbewohnt und unheimlich.

»Komm«, flüsterte Rut.

Mir fiel auf, wie sicher sie sich bewegte, offenbar war sie schon oft hier gewesen. Und obwohl ich den Eindruck hatte, in diesem Viertel wäre es noch dunkler als auf dem freien Feld, schien Rut jede Ecke zu kennen und genau zu wissen, wo wir uns befanden. Immer noch hielt sie meine Hand, ging nun aber langsamer, und wenn sie kurz stehen blieb, um zu horchen, berührte ihr Arm den meinen, und ich hoffte, es wäre Absicht.

»Ich habe nicht gewusst, dass die Stadt drei Tore hat«, sagte ich leise.

Wir gingen durch eine Gasse, an deren Ende in einigen Häusern ein schwaches Licht brannte.

»Nicht drei, zwölf Tore hat die Stadt«, sagte Rut ebenso leise. »Und jedes Tor hat einen Namen. Jenes, durch das wir gegangen sind, heißt Ruben.«

»Und die anderen?«, fragte ich eilig.

»Psst!«

Eine Stimme war zu hören, die Stimme eines Mannes. Und dann die einer Frau, sie flüsterten; durch die offene Tür und in der engen Gasse, die von einer Steinmauer begrenzt wurde, war ihr Flüstern gut zu hören.

Rut drückte mich gegen die Mauer. Und legte ihren Mund an mein Ohr.

»Hier bleiben wir die Nacht über«, sagte sie, unhörbar für jeden außer mir, und ich wünschte, ihre Worte würden sich noch länger in meinem Ohr tummeln.

Der Mann trat aus dem Haus, während die Frau nicht zu sehen war. Er sagte etwas auf Lateinisch und verschwand in der Dunkelheit.

»Ein Römer!«, sagte ich.

»Die Römer zahlen gut«, sagte Rut, schon weniger nah an meinem Ohr.

Ich verstand nicht, was sie meinte.

»Komm!« Sie umklammerte meine Hand und lief auf das Haus zu. »Esther!«, rief sie. »Esther!«

Als wir die Tür erreichten, wurde diese von innen geöffnet. Eine junge Frau mit einem roten Kopftuch begrüßte uns.

»Rut! Was treibst du so spät hier?«

Sie umarmten sich.

Rut stellte mich vor.

»Salve«, sagte Esther und lächelte. Langsam fing ich an zu begreifen.

»Können wir über Nacht bei euch bleiben?«, fragte Rut. »Ich erklär dir alles.«

»Du musst mir nichts erklären, du bist meine Cousine; wenn du da bist, freue ich mich und stelle keine Fragen. Außer es geht um Geschäftliches. Hat dein Freund spezielle Wünsche?«

Ich starrte sie an. Plötzlich hatte ich den Verdacht, ich wäre den Ereignissen der letzten Stunden nicht gewachsen und hätte mich in Rut getäuscht. Hätte mich überhaupt in allem getäuscht. Ich sollte nicht hier sein, sondern bei meinen Eltern, dachte ich, bei meiner Familie. Es war, als öffnete sich ein Tor in mir und gäbe den Blick auf ein Schlachtfeld frei, für dessen unzählige Tote ich allein die Verantwortung trug. Ich war kurz davor wegzulaufen.

»Alles in Ordnung?«, fragte Rut. Sie stand direkt vor mir, ich roch ihren Atem. Und dieser Atem war für mich wie ein reinigender Wind, der das Grauen aus meinem Kopf blies.

»Ja«, sagte ich. Doch vollständig gereinigt war ich noch nicht, das spürte ich.

»Nur herein!«, sagte Esther. »Hier erwartet dich große Freude, deswegen heißt es auch Freudenhaus.«

»Wir wollen nur die Nacht verbringen«, sagte Rut, die meine Unsicherheit bemerkt hatte.

»Die Nacht verbringen, was sonst?«, sagte Esther. Sie schloss die Tür und führte uns in einen Raum, der ebenso winzig wie behaglich war. Der Boden war übersät von Teppichen und Decken, in einer Nische brannte eine weiße Kerze und eine Öllampe spendete duftendes Licht.

»Hier stört euch niemand«, sagte Esther. Sie trug ein weißes Kleid und an ihren Handgelenken klirrten silberne Armreifen. Mir war sofort aufgefallen, wie sie sich bewegte, anders als alle Frauen, die ich bisher getroffen hatte. Sie schien zu schweben, als würden ihre Füße den Boden nur für eine Sekunde berühren, um dann ohne jede Anstrengung dahinzugleiten. Auch schwang ihr Körper hin und her, als folge er einer geheimen Melodie, und das weiße kostbare Kleid tanze auf der Haut.

»Gefalle ich dir?«, fragte Esther.

Ohne es zu merken, hatte ich sie die ganze Zeit angestarrt.

»Dein Freund ist noch jung. Willst du ihn heiraten?«

Rut erschrak. Aus Versehen stieß sie mit dem Ellbogen gegen eine Tonschale auf dem Fenstersims. Die Schale fiel zu Boden, zerbrach aber auf dem weichen Teppich nicht. Nur die kleinen Glaskugeln, die darin waren, kullerten in alle Richtungen.

Esther bückte sich, um die Kugeln einzusammeln.

Ich schaute weg, als sie mir den Rücken zuwandte und vor mir kniete.

Nachdem Esther die Schale wieder gefüllt und auf den Sims gestellt hatte, küsste sie Rut auf beide Wangen und mich auf eine Wange und trat auf den Flur hinaus, wobei sie den Leinenvorhang in der Hand behielt.

»Bis elf Uhr ist es ruhig«, sagte sie, »danach kommen die ersten Kunden, da müsst ihr verschwunden sein. Wenn ihr wollt, frühstücken wir gemeinsam.«

Sie ließ den Vorhang los, der nun vollständig die Türöffnung bedeckte.

»Ich bin müde«, sagte Rut. »Erzählst du mir noch eine Geschichte?«

Ich wollte sie fragen, wie oft sie schon hier gewesen war. Und mit wem. Und warum ihre Cousine in einem Freudenhaus arbeitete. Aber als Rut sich auf den Boden legte und die Decke bis zum Kinn hochzog und mich erwartungsvoll ansah, beschloss ich abzuwarten. Ich wollte nicht urteilen, bevor ich die Umstände kannte, und vor allem wollte ich sie nicht kränken und den Eindruck erwecken, ich verachte die Arbeit ihrer Cousine.

Das tat ich nämlich nicht und ich werde es nie tun. Das Gewerbe dieser Frauen ist so gut wie jedes andere. Ich weiß, auch du machst keinen Unterschied zwischen ihnen und anderen Menschen und verurteilst jene, die diese Frauen verurteilen.

Ich setzte mich neben Rut, lehnte mich an die Wand und zog die Beine an.

»Dreh die Lampe aus«, sagte Rut.

Ich tat es. Die weiße Kerze ließ ich brennen.

»Die Tore von Jerusalem, wie heißen die?«, wollte ich wissen. Ich wunderte mich, dass ich noch nie davon gehört hatte.

»Ruben, Juda, Levi ...«, sagte Rut mit müder

Stimme. »Dann Josef, Benjamin und Dan und dann … ich weiß nicht mehr … dann Simeon … Sebulon, Issachar … und dann im Osten, nein, im Westen … Gad, Naftali und … Ascher. Hast du das nicht gewusst?«

»Nein«, sagte ich. »Vielleicht habe ich es auch vergessen.«

»Was ist mit meiner Geschichte?« Rut lag auf der Seite, mir zugewandt, und rieb sich die Augen.

»Ja«, sagte ich. Ich überlegte. »Danket dem Herrn, denn er ist gütig, denn seine Huld währt ewig …«

»Nein«, unterbrach mich Rut. »Kein Psalm, eine Geschichte, habe ich gesagt!«

»Entschuldige«, sagte ich schnell.

Als ich erneut ansetzte, spürte ich etwas an meiner Wade. Wie das Krabbeln einer Fliege. Ich sah hin. Rut strich mir mit dem Finger über das Bein, scheinbar abwesend, denn sie hatte die Augen geschlossen, und der Finger bewegte sich wie von selbst. Dann fuhr der Finger über die Narbe unterhalb meines Knies, wo ich im Alter von vier Jahren von einem Hirtenhund gebissen worden war, verweilte darauf und bewegte sich sacht zu den Zehen hinunter.

»Nach der Mahlzeit führten sie Tobias zu Sara«, fing ich an und warf einen kurzen Blick auf den Finger an meinem Bein. »Als er hineinging, erinnerte er sich an die Worte Rafaels. Er nahm etwas Glut aus dem Räucherbecken, legte das Herz und die Leber des Fisches darauf und ließ sie verbrennen. Sobald Aschmodai, der Dämon, den Geruch spürte, floh er in den hintersten Winkel Ägyptens. Dort wurde er von einem Engel gefesselt.«

Ich machte eine Pause. Ruts Finger ruhte auf meinen Zehen. Rut hatte ein Auge geöffnet und sah zu mir hinauf.

»Als Tobias und Sara in der Kammer allein waren«, fuhr ich fort und Rut schloss das Auge, »erhob sich Tobias vom Lager und sagte: Steh auf, Schwester, wir wollen beten, damit der Herr Erbarmen mit uns hat. Und er begann zu beten: Sei gepriesen, Gott unserer Väter, gepriesen sei dein heiliger und ruhmreicher Name in alle Ewigkeit. Die Himmel und alle deine Geschöpfe müssen dich preisen. Du hast Adam erschaffen und hast ihm Eva zur Frau gegeben, damit sie ihm hilft und ihn ergänzt. Von ihnen stammen alle Menschen ab. Du sagtest: Es ist nicht gut, dass der Mensch allein ist. Wir wollen für ihn einen Menschen machen, der ihm hilft und zu ihm passt. Darum, Herr, nehme ich diese meine Schwester auch nicht aus reiner Lust zur Frau, sondern aus wahrer Liebe. Hab Erbarmen mit mir und lass mich gemeinsam mit ihr ein hohes Alter erreichen! Und Sara sagte zusammen mit ihm: Amen. Und beide schliefen die Nacht über miteinander.«

In dem Moment, als ich wieder einen Blick auf den schmalen Finger auf meinem Fuß warf, hörte ich ein Geräusch, das mir wohl vertraut war, wenngleich in anderer Lautstärke.

Aus Ruts Mund kam ein leises, doch unüberhörbares Schnarchen. Nicht eindringlicher als das Schnarchen eines Engels und ebenso selig.

Vor lauter Zuhören merkte ich nicht, wie ich selbst einschlief. Und als ich am Morgen erwachte, lag ich allein auf dem Boden, eingehüllt in eine Kamelhaardecke, in einem Zustand unvorstellbarer Einsamkeit.

VII

Nach dem Morgengebet zögerte ich, das Zimmer zu verlassen. Ich stand am Fenster, das von einem Tuch verhangen war und betrachtete die Glaskugeln in der Tonschale. So etwas hatte ich noch nie gesehen. Wenn ich eine der Kugeln in die Hand nahm, veränderte sie ihre Farbe, bunte Sterne schienen in ihrem Inneren zu kreisen, und je nachdem, wie das Licht darauf fiel, tanzten sie. Mir kam es vor, als würde allein die Art, wie ich meine Augen bewegte, das Spiel der Kugeln verändern.

»Das ist Zauberei«, sagte ich, als ich zu Rut und Esther in die Küche kam. Sie lagen auf einer Bank und aßen ungesäuertes Brot, wie es Vorschrift war. Dazu tranken sie heißes Wasser mit Heilkräutern.

»Die Kugeln sind ein Geschenk«, sagte Esther, die einfache Schuhe aus Kamelleder trug, ähnlich denen, die auch meine Familie besaß.

Allerdings war ich jetzt barfuß, da meine Mutter die Angewohnheit hatte, mir, meinem Vater und sich selbst am Ziel der Reise die Schuhe abzunehmen, um sie, wie sie behauptete, zu schonen und nicht unnötig dem Schmutz der Stadt auszusetzen. Du kennst das:

Die Abfälle fließen in Rinnsalen durch die Straßen, der Kot der Tiere liegt herum, niemand kümmert sich um die Dinge, die Tausende von Pilgern wegwerfen, und es stört auch niemanden. Außer meine Mutter. Sie packte die Schuhe in einen Korb und hängte diesen zu den beiden anderen, in denen sich Nahrungsmittel und ein paar Kleidungsstücke befanden, über Ranas Rücken. Auf dem Rückweg, wenn es kalt war, händigte sie meinem Vater, mir und sich selbst die Schuhe mit einer feierlichen Geste wieder aus.

»Ein Kunde hat sie mir von einer Reise mitgebracht«, sagte Esther.

»Die Schuhe?«, sagte ich.

»Hörst du mir nicht zu?«, sagte Esther kopfschüttelnd und mit einem verständnislosen Blick zu Rut. »Nicht die Schuhe! Die Kugeln aus Glas! Möchtest du etwas essen?«

»Nein.«

Ich sah Rut an und erwartete etwas.

Irgendetwas.

Und es passierte etwas.

Rut stand auf, ging an mir vorbei und verließ die Küche.

Ich wünschte, ich wäre so winzig, dass ich in eine der Glaskugeln passte und jemand würde die Kugel ins Meer werfen.

»Setz dich«, sagte Esther.

Ich kam nicht von der Stelle. Meine nackten Füße waren wie festgenagelt auf dem Bretterboden. Ich schaffte es nicht einmal, den Kopf zu drehen, um zu schauen, ob Rut vielleicht hinter mir stehen geblieben war und nun ihrerseits auf etwas wartete. Auf irgendetwas, das von mir ausging.

»Setz dich.«

Endlich machte ich einen Schritt, hielt inne und erreichte mit Mühe die Bank, auf der Rut gelegen hatte. Ich setzte mich an den Rand und blickte ängstlich zur Tür. Niemand stand dort. Der Vorhang zitterte noch. Von draußen drangen Stimmen und das Trampeln von Hufen herein.

»Sie weiß nicht, was sie tun soll«, begann Esther. »Sie wagt nicht, dich zu fragen, was du von ihr willst. Sie ist verwirrt. Sie glaubt, du hast bereits Besitz von ihr ergriffen. Deswegen konnte sie auch heute Nacht nicht schlafen ...«

»Das stimmt nicht!«, fuhr ich dazwischen.

»Was willst du von ihr? Willst du sie zur Frau nehmen? Bist du deswegen bei ihr geblieben?«

Ich war sprachlos. Wenn meine Brüder und Freunde mich jetzt gesehen hätten, wären sie sehr erstaunt gewesen. Sprachlos erlebten sie mich selten.

Ohne dass ich es wollte, musste ich an meine Brüder Jakobus, Josef und Simon denken und an meine Freunde Phillipos und Lukas, mit denen ich jede Minute verbrachte, wenn ich nicht in der Werkstatt meines Vaters arbeitete oder in der Synagoge betete.

Ich saß da und kaute mein Schweigen wie einen Kanten hart gewordenes Brot. Und in meinem Kopf hallte die Frage wider: Willst du sie zur Frau nehmen? Willst du sie zur Frau nehmen? Die Frage, die ich im Wald schon beantwortet hatte, ohne jeglichen Widerspruch. Nicht nur, weil Rut mich daran erinnert hatte, was für ein Glück es sei, eine Familie zu haben. Nicht nur, weil die Heilige Schrift voller Ermahnungen war, sich um Nachkommen zu sorgen. Nicht nur, weil Moses selbst die innigste Liebe in Gestalt der Priestertochter Zippora erfahren hatte, deren erster Blick ihm für alle Zeit Glück bescherte.

Sondern weil ich es wollte. Weil ich im Wald überzeugt war, nun teile sich der Weg und ich hätte mich für eine Richtung entschieden, und meine Richtung hieß Rut und gemeinsam mit ihr würde ich dem Gesetz der Väter und Urväter folgen, unbeirrt, bis zum Ende.

Warum aber hatte ich jetzt, in Esthers Haus, ein unbändiges Verlangen nach Alleinsein? Warum zweifelte ich plötzlich am Weg, an meiner Richtung, von der ich gerade noch überzeugt war? Warum dachte ich jetzt, ich müsse noch ausharren und mich in Geduld üben?

Warum? Warum?

»Warum?«, sagte ich laut.

»Ich verstehe dich nicht«, sagte Esther.

»Entschuldige.«

Mir war kalt an den Füßen. Jetzt hätte ich meine Schuhe nötig gehabt. Meine Schuhe. Wo waren meine Eltern in diesem Augenblick? Gewiss suchten sie nach mir. Aber ich konnte nicht zu ihnen zurück. Noch nicht. Was sollte ich tun?

»Was soll ich tun?«, fragte ich.

Und Esther stellte mir die einfachste und zugleich schwierigste Frage, die ich mir vorstellen konnte: »Liebst du sie?«

Ich dachte lange nach.

Dann, endlich, stand ich auf, öffnete den Mund, machte ihn wieder zu, sah Esther an, drehte den Kopf zur Tür, verharrte reglos, und wandte mich erneut an die junge Frau.

»Ja«, sagte ich schließlich. Und sagte es noch einmal: »Ja.«

Hast du je eine solche Nähe zu einer Frau oder einem Mädchen empfunden? Verzeih mir die Frage.

»Dann geh zu ihr«, sagte Esther, »und sag ihr, dass du sie zur Frau nehmen willst. Und dann geh zu ihrem Vater und teile ihm deine Entscheidung mit.«

Wieder war ich unfähig zu sprechen. Ich hatte die Wahrheit gesagt. Ja, das war die Wahrheit: Ich liebte sie. Doch die Wahrheit war auch: Ich konnte nicht zu ihr gehen und sie zur Frau nehmen. Ich konnte nicht. Dieses Nichtkönnen war eine ebenso große Wahrheit wie die Liebe, die ich für Rut empfand.

Ich zog die Schultern hoch, senkte den Kopf und faltete die Hände. Eine Last drückte mich nieder. Lange stand ich so da, wie ein alter Mann, gepeinigt von Gedanken, deren ich nicht Herr wurde, ohne Kraft zu sterben. Und sterben, dachte ich, wäre eine Erleichterung. Dann hätte ich meine Seelenqualen überwunden, und niemand, keine Frau, müsste unter meinem unbegreiflichen Wesen leiden.

Doch sind wir auf der Erde, um erleichtert zu sein? War es meine Bestimmung, den Weg einzuschlagen, den alle gingen? War ich nicht vielmehr in tiefer Seele, wie meine Mutter oft zu mir sagte, ein Einzelgänger? Musste ich deshalb nicht allein gehen? Allein bleiben? Trotz der Liebe? Trotz des übergroßen Glücks, das mich erfüllte, seit ich Rut von dem Pflock befreit hatte und ihr in den Wald gefolgt war?

Mein Gott, ich weiß es nicht, dachte ich. Hilf mir, eine Entscheidung zu treffen, hilf mir!

Ich zuckte zusammen.

Esther hatte mir die Hand auf die Schulter gelegt.

»Quäle dich nicht, handle«, sagte sie.

»Ich handle, du siehst es nur nicht«, sagte ich leise.

Ich fand Rut auf der Rückseite des Hauses an einem runden Steintisch sitzend, den Rücken gebeugt, den Kopf so tief gesenkt, dass ihre Stirn die Arme berührte, die sie auf der Tischplatte verschränkt hatte.

Ich blieb so lange hinter ihr stehen, bis sie sich zu mir umdrehte.

Ihr Gesicht war nass von Tränen.

»Wenn du fortgehen willst, geh«, sagte ich und diese Worte schmerzten mich wie Nägel, die in meinen Körper drangen.

Stumm, das in der Morgensonne glänzende runde Gesicht mir zugewandt, saß sie vor mir, die schwarzen

Haare verknotet, mit herunterhängenden Armen und zusammengekniffenen Lippen, die mir nicht mehr vorkamen wie zwei Wellen, die sich umarmten, sondern wie eine Quelle, die für immer versiegt war.

»Ich will dich nicht fortlassen und ich darf dich nicht halten«, sagte ich. Dann fiel mir auf, dass ich noch immer die Hände gefaltet hatte. Und ich ließ die Arme sinken, vielleicht, um es Rut gleichzutun.

»Warum nicht?«, fragte sie so leise, dass ich ihre Worte fast nicht verstanden hätte, da im selben Moment auf der Straße vor dem Haus ein Fuhrwerk vorbeiratterte und das Pferd laut schnaubte.

»Ich weiß nicht«, erwiderte ich.

Rut wandte sich von mir ab. Gerade, als ich einen Schritt auf sie zu machte, wischte sie sich mit einem Ruck übers Gesicht, legte den Kopf in den Nacken, schniefte und sprang auf.

»Nein!«, rief sie aus. »Du brauchst mich nicht zu halten, ich bin nämlich frei! Wenn ich fortgehen will, gehe ich fort! Und wenn ich bleiben will, bleibe ich! Ich bin eine Frau und keine Sklavin!«

»Du bist mutig«, sagte ich.

Sie trat auf mich zu. »Du meinst, ich bin mutig, weil ich mich von dir nicht einschüchtern lasse? Das ist keine Kunst. Du hast mir nichts zu befehlen! Ich bin in dem Alter, in dem es Zeit ist zu heiraten. Und entweder du heiratest mich oder nicht! Es gibt nichts dazwischen. Ich mache mir keine Sorgen, dass mich kein Mann will. Sieh mich an, gefalle ich dir? Ja, ich habe deine Blicke bemerkt, du hebst deinen Kopf verschämt, aber deine heimlichen Gedanken steuern deine Blicke, bevor du sie kontrollieren kannst mit deinem Geist. Ich stamme aus einem guten Haus, mein Vater dient dem König als Berater in finanziellen Angelegenheiten, meine Brüder treiben Handel mit wertvollen Gewändern aus Syrien, wir sind angesehen und geachtet, wir sind keine Bauern!«

Ihr Stimme war laut geworden. Ich hörte ihr zu und wusste, ich durfte sie nicht unterbrechen. Nichts anderes als gesprochene Wunden waren diese Worte, wie so viele jener Worte, die ich oft in der Synagoge mit anhören musste, oder auf den Straßen, wenn die Verlorenen sich unbeobachtet glaubten und mit den Tieren redeten und den Mauern aus Stein.

Und dann dachte ich: Aber was haben diese Menschen mit Ruts heiligem Schmerz gemein? Und mit meinem Verlangen und meiner Ratlosigkeit? Sind wir nicht allein, Rut und ich? Sind wir nicht eine eigene Welt geworden? Warum nehme ich diese Welt nicht an? Warum zerstöre ich diese Welt? Warum maße ich mir an, allein sein zu müssen? Warum töte ich nicht meinen Schatten?

»Du bist ein Bauer!«, rief Rut. »Du bist unfrei! Dein Tag ist immer derselbe, unser Tag aber ist reich an Überraschungen. An Wundern! An Wundern! Ja! Und ich … ich brauche nur den Arm zu heben, so …« Sie tat es. »Und schon … und schon geschieht wieder etwas Neues … etwas Unerwartetes und Schönes …

und Schönes ... und deswegen ... geh doch fort ... lauf weg, lauf zurück in dein Dorf, dessen Namen niemand kennt und wo ... und wo niemand ... niemand ...«

Ihre Worte waren nicht mehr zu verstehen, denn ich hatte Rut an mich gedrückt und die Arme um sie gelegt. Ich hielt sie fest und sie wehrte sich nur einen kurzen Moment dagegen.

Sie fing nicht wieder an zu weinen.

Lange standen wir so da, im sich erwärmenden Morgen, ohne etwas zu sagen, ohne uns anzusehen, ohne Ungeduld.

Dann löste sich Rut mit einer geschmeidigen Bewegung von mir. Und ich sah die Wellen auf ihren Mund zurückkehren.

»Bleib bei mir, bis wir uns trennen«, sagte sie. »Umarmen hat seine Zeit, Abschied hat seine Zeit. Jetzt ist die Zeit, die uns gehört.«

»So sei es«, sagte ich.

Doch ein grausamer Schmerz zwang mich zu denken, dass die Zeit das eine sei und das Vergehen der Zeit etwas vollkommen anderes.

VIII

In der Menschenmenge fielen wir nicht auf, Hunderte von Kindern und Jugendlichen strömten durch die Gassen, zusammen mit ihren Eltern und Familienangehörigen oder in Gruppen Gleichaltriger, die das Stadtleben genießen wollten. Sieben Tage dauerte das Fest, und die jungen Besucher ließen nach den täglichen Gebeten keine Minute verstreichen, um sich zu treffen und von neuem die interessanten Ecken der Tempelstadt zu erkunden.

Von einer Anhöhe im nördlichen Bezirk aus blickten Rut und ich über die mit Menschen, Tieren und Karren voll gestopften Gassen. Schafe, Lämmer und Rinder wurden zu den verschiedenen Schlachtbänken getrieben, sie schrien und wehrten sich, und die Männer, die sie töteten, schlugen mit Stöcken auf sie ein und zerrten an den Seilen, die um die Köpfe der Tiere geschlungen waren.

»Was willst du einmal werden?«, fragte Rut wieder. Sie wandte sich vom Geschehen in der tausendstimmigen Stadt ab und blickte über die Grünfläche in einer Senke, in deren Mitte zwei Maulbeerbäume voller schwarzer Früchte standen.

»Ich weiß es nicht«, sagte ich. Die Geschäftigkeit und die Farbenpracht in der Stadt faszinierten mich. So bewusst hatte ich die Festtage noch nie wahrgenommen und ich sog tief den Duft nach gebratenem Fisch ein und das Singen der Vögel erheiterte mich.

»Vielleicht«, sagte ich mit neuem Übermut, »werde ich Händler, verkaufe Sperlinge oder Tauben oder fliegende Fische.«

»Fische können nicht fliegen«, sagte Rut.

»In dem See in der Nähe meines Dorfes leben Fische, die nachts über das Wasser fliegen. Ich habe sie gesehen, ich war mit Lukas und Phillipos dort, wir haben uns auf die Lauer gelegt und sie beobachtet.«

»Schwindler«, sagte Rut und lehnte sich an mich, ohne mich anzusehen. Sie lehnte sich an meine Seite, als wäre es eine selbstverständliche Geste, und ich sah sie ebenfalls nicht an, sondern blieb stehen, den Blick auf die Stadt gerichtet.

»Das stimmt, was ich sage, diese Fische haben die Kraft zu fliegen.«

»Du wirst kein Händler«, sagte Rut, »du wirst die Werkstatt deines Vaters übernehmen. Du bist der Erstgeborene, nicht wahr?«

»Ja.«

Eine Weile schwiegen wir. Rut legte den Kopf an meine Schulter und seufzte. Der Geruch ihres Haares erinnerte mich an den Lehmboden im Wald, der übersät war mit frischen Nadeln und kleinen Pilzen und silbrigen Farnen. Jetzt, dachte ich, jetzt stehe ich hier, mit Rut neben mir, und wir haben keine Eile.

»Was denkst du?«, fragte Rut.

»Hast du Hunger?«, fragte ich.

»Nein. Was hast du gerade gedacht?«

»Nichts«, sagte ich, »ich war nur still.«

Und weil sie nichts darauf erwiderte, fügte ich hinzu: »Vielleicht werde ich das Handwerk meines Vaters weiterführen. Wir stellen ja nicht nur Schränke und Truhen und Tische her, wir erneuern auch Fenster und Dächer, sogar Wagenräder, und wir bauen auch kleinere Häuser. Werkzeug besitzen wir genug, Sägen, Beile, alles, was man braucht. Ich bin stolz auf das, was mein Vater mir beigebracht hat.«

Ich sah sie an. »Und du? Was willst du werden?«

Mit einer heftigen Bewegung rückte sie von mir weg. »Ich? Wie meinst du das? Ich werde heiraten! Was soll ich denn werden? Ich bin eine Frau! Ich gehöre einem Mann!«

Erbost ging sie auf den Rand der Anhöhe zu. Mit zusammengekniffenen Augen schaute sie zu zwei spielenden Jungen hinunter, die vor einem der Maulbeerbäume standen und nach oben zeigten. Anscheinend war ihr Spielzeug dort gelandet.

»Du gehörst allein dir selbst«, sagte ich.

»Kränke mich nicht!«, rief sie. »Und versündige dich nicht! Bist du krank? Bist du verrückt? Haben deine Eltern dich verstoßen, weil du von bösen Geistern besessen bist?«

»Du gehörst allein dir selbst«, wiederholte ich ruhig. Rut dagegen war alles andere als ruhig.

»Ich lasse mich von dir nicht beleidigen! Ich weiß, wohin ich gehöre, und ich weiß, was in der Schrift steht! Warum redest du so? Freu dich, dass wir zusammen sind. Belehr mich nicht ständig! Ich will das nicht! Und ich erlaube dir das nicht! Du bist nicht mein Bruder. Du hast kein Recht, so mit mir zu sprechen!«

»Verzeih mir«, sagte ich. Ich ging zu ihr und griff nach ihrer Hand. Sie wehrte sich nicht, aber sie krümmte ihre Finger auch nicht.

Aus der Senke drangen aufgeregte Stimmen zu uns herauf. Wir sahen, wie einer der Jungen wütend gegen den Baumstamm trat und der andere versuchte, diesen zu schütteln, was ihm nicht im Mindesten gelang. Sie schimpften und fluchten und der eine Junge trat immer zorniger gegen den Stamm, abwechselnd mit beiden Beinen, er war barfuß und jeder Tritt musste ihm unglaublich wehtun. Plötzlich erschienen zwei römische Soldaten. Als die Jungen diese bemerkten, rannten sie so schnell sie konnten davon. Die Römer riefen ihnen etwas hinterher und verschwanden. In diesem Moment fiel etwas aus dem Geäst des Maulbeerbaums ins Gras.

»Was war das?«, fragte Rut.

»Ich weiß es!«, rief ich, drückte ihre Hand fester und rannte mit ihr den Hügel hinunter. Auf halbem Weg rutschte ich aus, fiel hin, Rut ebenso, und nebeneinander kugelten wir bis in die Senke. Ich sprang sofort auf und stürzte auf das ovale Ding zu, das aus dem Baum gefallen war. Ich hob es in die Höhe, um es Rut zu zeigen.

»Ein Ball!«, jubelte ich, »und wir spielen jetzt!«

Rut blieb wie erstarrt stehen.

»Steh nicht da wie Lots Frau, spiel mit mir!«

Und ich rollte den Ball über die Wiese und schlug mit dem Fuß danach. Du kennst das Spiel: Harpastum nennen es die Römer, man braucht dazu ein ovales, manchmal fast eckiges Ding, das aus Wollresten, Federn, Tierhaaren oder aus Leder besteht und zusätzlich mit Luft gefüllt ist. Schlimme Verletzungen habe ich bei den Spielern schon gesehen, einige von ihnen hatten am Ende Wunden wie nach einer Schlacht. Hast du früher Harpastum gespielt?

Weil Rut nicht aufgepasst hatte, knallte der Ball gegen ihre Beine und sie wäre beinah hingefallen.

Ich war völlig außer mir. Ich schob den Ball von einem Fuß zum anderen, tänzelte um Rut herum und schoss den Ball immer wieder gegen ihre Beine.

»Hör auf!«, schrie sie. »Hör doch auf!«

Doch ich hörte nicht auf.

»Wenn ich mit Lukas und Phillipos spiele«, schrie ich und schoss den Ball in die Luft, rannte hin und stürmte erneut auf Rut zu, »muss ich immer so wie jetzt spielen. Das will ich aber nicht. Ich will den Ball viel lieber fangen. So!«

Und ich drosch das Ding zum wiederholten Mal in

die Luft, wartete diesmal jedoch nicht, bis es den Boden erreichte, sondern hechtete darauf zu, fing es mit beiden Händen auf und überschlug mich mehrere Male im Gras.

Mit offenem Mund starrte Rut mich an. Vermutlich dachte sie, ich bin von einem Dämon besessen. Zuerst sehe ich fliegende Fische, dann flieg ich selber durch die Lüfte!

»Versuch es!«, rief ich.

Jetzt legte ich ihr den Ball vor die Füße. Sie streckte das rechte Bein nach hinten, ließ es dann nach vorn schnellen und trat nach dem Ball. Das klappte gut. Sie war selbst so überrascht, dass sie gleich einen zweiten Schuss abgab.

Ich klatschte in die Hände.

»Du hast Talent! Schieß zu mir! Zu mir!«

Und sie rannte los, holte sich den Ball, schwang das Bein – und schlug drüber. Durch die Wucht der Bewegung kippte sie nach hinten und fiel auf den Rücken. Ich lachte, rannte zu ihr, ließ den Ball dreimal auf meinen Zehen tanzen, was Rut offensichtlich ein wenig beeindruckte, und schlug ihn dann mit voller Wucht in den Himmel.

Während Rut sich aufrichtete und sich den schmerzenden Rücken rieb, sprang ich wieder quer durch die Luft, schnappte mit den Händen nach dem Ball und landete mit einem lauten Schrei in der Wiese, überschlug mich und blieb liegen, den Ball fest an die Brust gedrückt.

Langsam kam Rut näher.

»So spielt niemand«, sagte sie.

»Ich schon«, sagte ich, »ich spiele so. Aber Lukas und Phillipos lassen mich nicht, sie sind genau wie du. Sie wollen immer nur mit dem Fuß spielen, das ist langweilig!«

»Ich will überhaupt nicht spielen«, sagte Rut und massierte sich umständlich und mit schmerzverzerrtem Gesicht den Nacken.

Ich drehte den Ball in den Händen.

»Bei einem Zweikampf hat mir Phillipos einen Zahn ausgeschlagen«, sagte ich und öffnete weit den Mund und steckte die Zunge in die Lücke oben links. »Aber das gibt noch Rache.«

»Du kannst gar nicht richtig Harpastum spielen«, sagte Rut. Sie schwitzte, wischte sich übers Gesicht und stöhnte leise. »Die Römer würden dich auslachen, wenn sie dir zusehen würden.«

»Niemand lacht!«, donnerte eine Stimme. Wie von einem Skorpion gestochen, sprang ich auf.

IX

Zwei Römer versperrten uns den Weg.

»Das ist eine Freifläche«, sagte der kleinere der beiden. Sein Begleiter hatte bereits das Schwert gezogen. »Spielen ist hier verboten, nicht einmal im Gras liegen ist erlaubt, und das wisst ihr! Wir nehmen euch mit.«

»Wir haben nichts Unrechtes getan«, sagte ich.

»Hörst du mir nicht zu, du frecher Kerl?«, brüllte der Mann.

»Niemand gibt euch das Recht, uns zu verjagen«, sagte ich trotzig.

Der Soldat mit dem Schwert machte einen Schritt auf mich zu und packte mich an den Haaren.

»Wir werden euch Gehorsam lehren!«, sagte der andere mit enormer Lautstärke. »Und du ...« Er meinte Rut, die verlegen die Hände hinter dem Rücken versteckte. »Du wirst noch darum beten, aus diesem Viertel jemals wieder herauszukommen!«

»Und du wirst auch gleich anfangen zu beten!«, sagte eine drohende Stimme.

Die beiden Römer fuhren herum. Vom Rand der Wiese kam ein groß gewachsener Mann auf sie zu, seine Schritte waren weit ausladend und von seinem Bart tropfte der Schweiß. Er machte nicht die geringsten Anstalten, seine Geschwindigkeit zu verringern. Wortlos trampelte er auf die Soldaten zu, und bevor diese begriffen, was vor sich ging, lagen sie schon auf dem Boden. Der Hüne hatte sie mit zwei wuchtigen Hieben niedergestreckt. Die Römer bewegten sich nicht mehr.

»Erledigt«, sagte der Mann.

»Simon!«, stieß ich hervor. »Du bist Simon, der Schmied!«

»Ich habe dich aus der Ferne erkannt«, sagte Simon und grinste Rut an, die am ganzen Leib zitterte. »Und jetzt verschwinden wir besser, bevor sie wieder aufwachen.«

Und mit einer ausholenden Armbewegung stapfte er davon. Es sah aus, als schleudere er absichtlich mit seinen Sandalen die Erde aus dem Boden.

Während die Römer langsam zu sich kamen, folgten wir dem Hünen und erreichten, nachdem wir eine Vielzahl enger Gassen und Schleichwege mit hastigen Schritten hinter uns gelassen hatten, eine armselige Hütte, deren krumm gezimmertes Holzdach jeden Moment einzustürzen drohte.

Simon musste sich tief bücken, um durch die Tür zu passen. Als Rut und ich uns nicht trauten hineinzugehen, streckte er noch einmal den Kopf heraus und brummte: »Wartet ihr auf eine Sänfte?«

In einem der zwei Zimmer, in die durch die schmalen Fenster nur wenig Licht hereinfiel, hockte eine alte Frau auf einem Schemel, ein Brett auf den Knien, auf dem sie mit einem Messer Kräuter zerkleinerte. Vor ihr stand eine Emailleschüssel mit Wasser, worin sie ihre Füße badete.

»Das ist meine Mutter«, sagte Simon.

Sie sieht aus, als wäre sie mindestens seine Großmutter, dachte ich.

»Schalom alejchem«, sagte ich zu ihr.

»Schalom alejchem«, sagte Rut.

»Meine Mutter hört schlecht«, sagte Simon. Dann holte er Luft und schrie: »Das sind Freunde, Mutter, sie wurden von verdammten Gojim belästigt, sie verstecken sich eine Weile bei uns!«

Er hatte so laut geschrien, dass Rut vor Schreck einen Schritt nach hinten machte und mit dem Kopf gegen einen schrägen Balken stieß. Sie schrie auf, allerdings bei weitem nicht so laut wie Simon. Dann kauerte sie sich auf den Boden und rieb sich die Stelle am Hinterkopf.

»Wir haben genügend Mazzot für alle«, verkündete Simon und verschwand im Nebenzimmer.

Obwohl die Alte die Kräuter bereits in winzige Stücke geschnitten hatte, hörte sie nicht damit auf.

Mit einem Fladen ungesäuerten Brotes in jeder Hand kam Simon zurück und reichte es uns.

»Esst und bleibt im Haus. Die Römer werden uns suchen. Meine Mutter wird sich vor das Haus setzen und jedem, der sie fragt, die passende Antwort geben.

Niemand kommt auf die Idee, dass ein Riese wie ich hier wohnt. Hier seid ihr sicher.«

Und als habe die Alte jedes Wort verstanden, erhob sie sich, stieg aus der Schüssel, legte das Brett mit den gehäckselten Kräutern auf den Tisch, der übersät war von Schalen, Bechern, Besteck in allen Größen, verschrumpelten Pflaumen und Birnen und grünen Büscheln, und schlurfte zur Tür hinaus. Simon nahm den Schemel und trug ihn hinter ihr her.

»Ich will nicht hier bleiben«, sagte Rut, »hier stinkt es.«

»Eine bessere Herberge finden wir nicht«, sagte ich. »Hier ist es so gut wie überall anderswo.«

»Das bezweifle ich.«

»Lass mich deinen Kopf streicheln.«

»Nein!«

Ich legte meine Hand auf ihre und ließ sie so lange dort, bis sie ihre Hand wegnahm.

Als Simon zurückkam, lächelte er, plumpste auf sein Lager aus Stroh und zerrissenen Decken und sah uns mit einem schelmischen Gesichtsausdruck an.

Wir fingen an, uns zu unterhalten, und Simon erzählte vom Schmied, bei dem er arbeitete, von den Römern, die ihn für einen Idioten hielten und ihn deshalb in Ruhe ließen, von seiner alten Mutter und seiner Schwester, die im Alter von drei Jahren an einer Vergiftung gestorben war.

In der Zwischenzeit kamen mindestens fünf Patrouillen am Haus vorbei, fragten die Alte in barschem

Ton, ob sie zwei Jugendliche und einen bärtigen Riesen gesehen habe. Sie verneinte jedes Mal, nicht ohne den Römern mit einem vertrockneten Latschenzweig den Segen des Herrn zu spenden und ihnen Massel tow zu wünschen.

Es wurde Abend.

Simon teilte mit uns die ungesäuerten Fladen und den Wein, der mit Wasser verdünnt war, und redete immer weiter wie ein Kind, das gerade sprechen gelernt hatte und es nicht erwarten konnte, dass immer neue Worte aus seinem Mund purzelten.

Im Nebenraum, den früher sein Vater bewohnt hatte, bevor er nach langer Krankheit starb, und den seine Mutter als Gebetsraum benutzte, breitete Simon nach dem Ende seiner unendlichen Erzählung zwei Decken für uns auf dem Boden aus.

»Wir möchten deine Mutter nicht stören«, sagte ich. Ich hatte einen schweren Kopf vom Wein oder vom Geruch in diesem Haus. Ich konnte es nicht mehr unterscheiden.

»Meine Mutter schläft fast nie«, sagte Simon. »Sie verbringt den Großteil der Nacht im Freien.«

Dann winkte er uns von der Tür aus zu, als breche er zu einer weiten Reise auf, und dann waren wir allein.

Ich saß an die Wand gelehnt auf der Decke und starrte in die Dunkelheit.

»Wo ist der Tag?«, flüsterte ich. »Wo ist der Tag? Wir waren doch gerade noch bei Esther, gerade noch in der

Stadt, gerade noch auf dem Hügel, wir haben mit dem Ball gespielt, das war doch erst vor einer Stunde ...«

»Du bist betrunken«, sagte Rut und rieb sich den Kopf. Anscheinend hatte sie ebensolche Kopfschmerzen wie ich. »Er hat uns vergiftet«, stöhnte sie. Sie hatte sich hingelegt, war aber sofort wieder aufgesprungen, weil ihr schwindlig wurde. Jetzt hockte sie wie ich an der Wand und rieb sich ununterbrochen den Kopf.

»Vielleicht bleibt die Alte deswegen wach«, sagte ich. Ich hielt es für möglich, dass tollwütige Bienen in meine Ohren geflogen waren und jetzt nach einem Ausgang suchten.

»Hm?«, machte Rut.

»Vielleicht glaubt sie, wenn sie nicht schläft, überlistet sie die Zeit«, sagte ich. »Vielleicht dauert die Stunde auf diese Weise länger für sie. Vielleicht ...«

»Sei still«, sagte Rut. Vermutlich war ihr Kopf genauso voller Bienen wie meiner.

Ich aber saß da und kämpfte gegen den Schlaf an. Und jedes Mal, wenn mir die Augen zufielen, schreckte ich hoch, riss die Augen auf und starrte zum schmalen Durchgang, an dem kein Vorhang hing. Nebenan schlief lautlos Simon.

Ob die Alte noch draußen war, wusste ich nicht. Ich vermutete es und stellte mir vor, wie sie auf dem Schemel hockte, die Hände im Schoß gefaltet, und der Nacht trotzte, der Stille und den Erinnerungen. Ich gab mir alle Mühe, es ihr gleichzutun.

Und es gelang mir, der Nacht zu trotzen, und es gelang mir auch, der Stille zu trotzen. Doch den Erinnerungen war ich nicht gewachsen, sie waren stärker als ich und bestanden aus nichts als aus Augenblicken, in denen ich Rut sah und mich selbst, in denen ich ihre Stimme hörte und meine eigene, in denen ich ihre Füße bewunderte und ihr Haar, in denen ich spielte und sie mit mir, in denen sie und ich ein einziges Wort waren, der Anfang einer neuen Sprache.

Und als ich aufwachte und begriff, dass es schon Mittag war, und ich Rut neben mir liegen sah, die fest schlief, weinte ich. Und mir fielen die Verse aus dem Buch der Weisheit ein und gingen mir den ganzen Tag nicht mehr aus dem Sinn.

›Auch ich bin ein sterblicher Mensch wie alle anderen, Nachkomme des ersten, aus Erde gebildeten Menschen ...‹

X

Das Wasser ist wunderbar!«, rief Rut und tauchte unter und wieder auf und schüttelte ihr Haar gegen die Sonne.

Ich stand am Rand und zögerte. Schwimmen war keines meiner herausragenden Talente.

Außerdem war das Wasser in diesem Weiher kalt.

Und außerdem genierte ich mich.

Unbekümmert hatte Rut hinter einem Busch ihre gelbe Kutte abgelegt und war ins Wasser gesprungen. Ich hatte den Blick gesenkt. Seit etlichen Minuten stand ich nun da, ratlos, die Arme vor der Brust verschränkt, und sah Rut zu, wie sie ihre Bahnen zog, sicher und spielerisch, als wäre sie in ihrem ureigenen Element.

»Hast du Angst?«, rief sie mir zu und lachte. Bisher hatte ich sie noch nie lachen sehen. Dieses Lachen erschreckte mich, zwang mich dazu, mich abzuwenden und die Augen zu schließen.

In diesem Lachen existierte ich nicht. Es gehörte ihr allein. Sie lacht nicht mehr für mich, sondern nur noch für sich selbst, dachte ich, sie lacht, weil es ihr Freude bereitet, mit diesem Weiher zu verschmelzen, nackt und rein.

Sie würde auch lachen, wenn ich nicht hier wäre, dachte ich. Schon auf dem Weg hierher, nachdem wir Simon versprochen hatten, uns später von ihm zu verabschieden, hatte ich mich neben ihr wie fehl am Platz gefühlt. Obwohl es Rut schwer gefallen war aufzustehen und sie in der Hütte mit niemandem sprechen wollte, ging mit ihr im Freien eine Wandlung vor, die sie nicht nur munter machte, sondern übermütig. Sie warf Steine in fremde Häuser, winkte römischen Soldaten frech zu, und als sie den Weiher entdeckte, rannte sie los, entkleidete sich und sprang hinein. Und ich tat nichts. Auf meiner Seele, dachte ich, thront derselbe Schmerz wie gestern, und ich folge ihm, um ihm zu dienen, denn ich kann nicht anders. Und ich verbot mir traurig zu sein. Doch je mehr ich mir das Traurigsein verbot, desto unerträglicher wurde es.

Von mir unbemerkt, war Rut aus dem Wasser gestiegen und hinter den Strauch gelaufen.

»Du bist feige!«, rief sie.

Sie hatte ihre Kutte übergeworfen und trat auf mich zu.

»Jetzt fühle ich mich stark, nach Hause zu gehen«, sagte sie.

Ich kniete mich hin.

»Heb deinen Fuß«, sagte ich.

Sie blickte auf mich hinunter. Ich formte meine Hände zu einer Schale.

»Heb deinen Fuß«, wiederholte ich.

Aus Neugier tat sie es. Ich legte meine linke Hand

unter ihre Sohle, nahm mit der rechten ein Stück meines Mantels und rieb damit ihren Fuß ab.

»Was tust du da?«, rief Rut.

»Ich trockne deine Füße.«

Mit einem Ruck zog sie den Fuß weg.

»Das darfst du nicht!« Sie wurde wütend. »Das ist Sklavenarbeit! Was bildest du dir ein? Warum erniedrigst du dich so?« Sie schüttelte den Kopf, rieb sich übers Gesicht und ballte die Fäuste. »Du machst mir Angst! So verhält sich kein freier Mensch! So etwas tut man nicht! Man folgt den Gesetzen und den Regeln und man bricht sie nicht! Mach das nie wieder! Das ist widerlich! Was willst du mir beweisen? Willst du mit aller Macht auffallen? Willst du etwas Besonderes sein? Willst du unbedingt anders als die anderen sein? Ich versteh dich nicht!«

Keuchend hielt sie inne.

Ich, der immer noch vor ihr gekniet hatte, stand auf.

»Ich bin nichts Besonderes«, sagte ich. »Schau, ich werfe einen Schatten, wie du. Ich bin wie du, ich bin wie alle Menschen.«

»Hoffentlich!«, sagte Rut zornig und ging weg.

»Warte auf mich!«, rief ich.

Sie blieb nicht stehen. Und den ganzen Weg bis zu Simons Haus sprach sie kein Wort mit mir.

Simons Mutter hockte vor der Tür auf ihrem Schemel.

»Mein Sohn lässt euch grüßen«, sagte sie. »Er musste zu seinem Mohel, dem Schmied, sie haben ein eiliges Geschäft zu erledigen!« Sie schrie, als könne sie so ihre eigenen Worte besser verstehen. »Die sind für dich!«

Sie hielt mir ein Paar Sandalen hin, die wie neu aussahen.

»Mein Sohn hat sie nur kurz getragen, er wächst zu schnell. Dir passen sie gewiss. Ich schenke sie dir, bevor sie verstauben und das Leder bricht.«

Ich nahm die Schuhe.

»Danke«, sagte ich und küsste sie auf die Stirn.

»Auf Wiedersehen«, sagte Rut. Dann sah sie mich an. »Ich gehe dahin zurück, wo ich hingehöre.«

Ich erwiderte nichts.

Sie küsste mich auf beide Wangen. »Willst du die Sandalen nicht anziehen?«

Ich schüttelte den Kopf.

Wir standen uns gegenüber, nicht weit entfernt von der Alten, die wieder ein Brett auf den Knien hatte, auf dem sie Oliven zerkleinerte. Die Kerne warf sie in die Emailleschüssel, in der sie ihre Füße badete.

Rut und ich schwiegen.

Dann drehte sie sich um, mit einer ähnlich endgültigen Bewegung wie zuvor am Weiher, und verschwand hinter der Biegung der Gasse.

Es dauerte lange, bis ich den Blick der Alten bemerkte. Und dieser Blick entfachte wieder die Verse aus dem Buch der Weisheit in mir und sie loderten in mir und sprühten wie Funken aus meinem Mund.

›Auch ich bin ein sterblicher Mensch wie alle anderen, Nachkomme des ersten, aus Erde gebildeten Menschen. Im Schoß der Mutter wurde ich zu Fleisch geformt, zu dem das Blut in zehn Monaten gerann durch den Samen des Mannes und die Lust, die im Beischlaf hinzukam. Geboren atmete auch ich die gemeinsame Luft, ich fiel auf die Erde, die Gleiches von allen erduldet, und Weinen war mein erster Laut wie bei allen. In Windeln und mit Sorgen wurde ich aufgezogen, kein König trat anders ins Dasein. Alle haben den einen gleichen Eingang zum Leben, gleich ist auch der Ausgang.‹

Die Nacht verbrachte ich hinter einer Steinmauer in der Nähe von Simons Hütte. Und die Steine, so schien mir, rückten noch enger zusammen, je länger ich hinsah, und stießen so fest aneinander, dass kein Käfer hindurchkrabbeln konnte. Und niemals würde die Mauer sich teilen und den Blick freigeben auf ein unbeschwertes Land.

Und ich kam mir vor wie in der Diaspora, wie ein Fremder, dessen einzige Heimat die Erinnerung war.

Und als der Schmied nach Hause kam, lauschte ich seinen Schritten und dem Echo und dann wieder der Stille und dem Gesang der Zikaden.

In dieser Nacht schlief ich keine Stunde, beobachtete das Mirakel der Sterne und weinte ohne Unterlass.

Denn ich hatte begriffen, dass ich eine kurze Zeit lang unsterblich gewesen war und nun war ich es nicht mehr und würde es nie wieder sein. Und als ich es war, hatte ich es nicht bemerkt, da hielt ich meine Unsterblichkeit für naturgegeben. Wie arm von mir.

Wie arm bin ich gewesen in dem Reichtum, den Ruts Nähe für mich bedeutete.

Später, Jahre später, erzählte mir mein Vater, dass meine Eltern auf ihrer verzweifelten Suche nach mir zu deinen Eltern reisten, in der Hoffnung, ich wäre vielleicht dort, weil meine Mutter auch im Jahr zuvor ihre Schwester sehen wollte und wir zwei Nächte bei deinen Eltern geblieben waren. Und mein Vater erzählte mir weiter, wie sehr deine Eltern dich damals vermissten, die meiste Zeit hättest du allein in der Wüste verbracht und nur selten deinen Vater in den Tempel begleitet, wo er das Rauchopfer darbrachte oder andere Dienste verrichtete. Oft seist du viele Tage verschwunden gewesen und dann dürr, ausgehungert und schweigsam zurückgekehrt. Und meine Mutter habe erwidert, ich, ihr ältester Sohn, sei dir sehr ähnlich, obwohl wir uns gar nicht kennen würden und vermutlich auch niemals kennen lernen würden.

Hier bin ich. Ich habe dich gefunden.

Ja, vielleicht hast du Recht, vielleicht haben wir uns beide gefunden.

XI

Mein Gott!«, hörte ich eine weibliche Stimme sagen.

»Wach auf!«, hörte ich eine männliche Stimme sagen.

Ich schlug die Augen auf.

»Wie konntest du uns das antun?«, rief meine Mutter. Einer der Priester warf ihr einen grimmigen Blick zu, der ihr nicht entging, sie aber nicht weiter beunruhigte. »Dein Vater und ich haben dich überall gesucht, überall! Sieh mich an, wie ich aussehe! Ich bin krank vor Sorge!«

Ich hockte am Rande einer Gruppe von Schriftgelehrten auf dem Boden im Vorhof des Tempels, stützte die Hände auf den Steinplatten ab und gab mir alle Mühe, nicht zur Seite zu fallen und den Priester auf mich aufmerksam zu machen.

Meine Mutter sah wahrhaftig erschöpft aus, ihre nackten Füße waren übersät von Wunden und ihr Gesicht war hart und bleich.

Ich stand auf. Ich schwankte, denn die lange Nacht ohne Schlaf hatte mich zermürbt, ich konnte mich nicht einmal mehr genau erinnern, wie ich von Simons Haus bis zum Tempel gelangt war. Bei Tagesanbruch hatte ich es endlich geschafft, die Stelle hinter der Mauer zu verlassen. Ohne Ziel und maßlos einsam war ich durch die erwachende Stadt getaumelt. Wenn ich die Schritte von Soldaten hörte, versteckte ich mich. Und als ich einen jungen Priester sah, der gerade sein Haus verließ, folgte ich ihm. Und tatsächlich führte der Mann mich direkt zum Tempel. Dort verrichtete ich mein Morgengebet und beschloss zu bleiben und zu warten. Ich kann es dir nicht erklären, aber ich war felsenfest überzeugt, meine Eltern würden an diesem Tag den Weg zum Tempel finden.

»Ich verstehe dich nicht!«, sagte meine Mutter, nachdem wir das Viertel bereits verlassen hatten und mit Rana, der freudig iaht hatte, als er mich wiedererkannte, durch eines der nördlichen Stadttore zogen. Es war dasselbe Tor, durch das ich mit Rut gegangen war. Am Fuß des Hügels, auf dem die Stadt lag, drehte ich mich noch einmal um.

»Hast du gewusst, dass Jerusalem zwölf Tore hat?«, fragte ich meinen Vater mit wehmütiger Stimme.

»Ja«, sagte er nur. Ich glaube, er wollte meine Mutter nicht kränken, indem er ein Gespräch mit mir anfing, bevor sie ihre Wut losgeworden war.

»Wo warst du?«, fragte sie und packte mich am Arm. »Wieso bist du weggelaufen? Warum hast du mir das angetan?«

»Verzeih mir«, sagte ich.

Abrupt blieb sie stehen. »Sag mir die Wahrheit! Was ist passiert? Was hast du getan?«

Wieder war sie kurz davor, Tränen zu vergießen.

»Ihr hättet mich nicht suchen müssen«, sagte ich mit sanfter Stimme. »Ich gehe nicht verloren.«

»Ich verstehe dich nicht«, sagte meine Mutter erneut. Dann schwieg sie. Dann gab sie Rana einen Klaps und ließ den Esel weitergehen, während sie stehen blieb. »Ich verstehe dich nicht«, sagte sie zum dritten Mal und gab meinem Vater ein Zeichen, neben mir herzugehen. Sie folgte uns in einigen Metern Abstand. Sie wollte für sich sein.

Doch schon nach wenigen Metern stutzte sie.

»Was sind das für Schuhe?«, rief sie. Dass sie mich nicht bei meinem Kosenamen nannte, veranlasste mich sofort stehen zu bleiben. »Woher hast du die Sandalen?«

Ich hatte nicht mehr daran gedacht. Die Schuhe passten mir wie angegossen.

»Ein Geschenk, Mutter«, sagte ich. »Jetzt habe ich ein Paar als Ersatz, das ist doch praktisch.«

»Wer verschenkt solche Sandalen? Lüg mich nicht an!«

»Ich habe sie von einer Mutter, deren Sohn sie nicht mehr braucht. Außerdem war mir kalt in der Nacht.«

»Deine Schuhe sind hier drin, gut aufbewahrt!«, sagte meine Mutter verärgert und zeigte auf einen der Körbe, die auf dem Rücken des Esels hingen. Ihrer Meinung nach war die Erde noch nicht kalt genug, so dass kein Grund bestand, die Schuhe unnötig dem Schmutz auszusetzen.

»Ich leihe sie meinen Brüdern, wenn sie möchten.«

»An diesen Schuhen klebt fremder Schweiß!«

»Und auf den Straßen?«, sagte ich. »Du gehst barfuß und kümmerst dich nicht um den Schmutz und den Kot und die Ausscheidungen von ...«

»Hör auf!«, rief sie. »Ich wasche meine Füße jeden Tag! Belehr mich nicht!«

»Lasst uns weitergehen«, sagte mein Vater. »Der Weg ist noch lang.«

Also setzten wir unsere Heimreise fort, lange Zeit schweigend.

Wenn wir rasteten, um Wasser zu trinken und Brot zu essen, wechselten wir nur die nötigsten Worte, wenn wir beteten, blieben wir anschließend stumm.

»Deine Mutter ist meine zweite Frau«, sagte mein Vater plötzlich. Wir waren bereits den zweiten Tag unterwegs und durchquerten Samaria. »Als du geboren wurdest, war ich achtzehn Jahre alt, aber als mein erster Sohn zur Welt kam, war ich vierzehn. Meine damalige Frau hieß Hanna und ich liebte sie. Wir waren glücklich zusammen, wir freuten uns auf das Kind, und ich baute eine Wiege aus Zedernholz, reich verziert, mit einer kunstvollen Wippe, die ich selbst entworfen hatte. Ich war schon als Junge im Handwerk sehr talentiert, ähnlich wie du ...«

»Ich bin nicht talentiert«, unterbrach ich ihn.

»Das bist du, du bist geschickt, du bist eigensinnig und hörst nicht gern zu, wenn ich dir etwas erkläre. Aber du verstehst mit dem Material umzugehen. Also, der Tag der Geburt rückte näher, ich küsste ihren runden Bauch und unsere Eltern beteten für uns. Doch die Stunde, als unser Kind geboren wurde, war eine Stunde des Unglücks. Vielleicht machte die Hebamme einen Fehler, vielleicht hatte ich nicht genug auf Sauberkeit geachtet, von einer Minute auf die andere bekam das Neugeborene keine Luft und meine Frau ebenfalls nicht. Wir taten, was wir konnten, unsere Eltern beteten zu Gott, die Hebamme beatmete das Kind und ich massierte Hannas Herz. Doch wir konnten sie nicht retten. Sie starben unter unseren Händen, vor unseren Augen, trotz aller Gebete. In der Kammer lagen plötzlich zwei tote Körper, blutüberströmt, und ich hob meine Hände zum Himmel und meine Wut war wie ein Gewitter in mir. Wie ein Gewitter, das niemand hört, nur ich allein. Erst als ich vor die Tür ging, weil die Hebamme und die beiden Mütter sagten, sie würden die Toten jetzt waschen, brach meine Stimme aus mir heraus und ich schrie und schrie und ich schrie, bis ich beinah erstickt wäre. Ich verfluchte Gott und ich verfluchte den Tag, an dem ich Hanna kennen gelernt hatte und die erste Berührung unsere Seelen verband. Ich wollte sterben, ich wollte bei ihr und bei meinem Kind sein, das übrigens ein Junge war. Wir wollten ihn Simeon nennen. Wir begruben die Toten und ich ging einen Monat lang nicht zu meinem Vater in die Werkstatt. Ich blieb allein. Ich saß am Ufer des Sees, ich sah die Fische aus dem Wasser springen und fliegen und ich fluchte noch immer und konnte mich nicht beruhigen. Ich glaubte, ich wäre der einzige Mensch auf der Welt, es gäbe niemanden außer mir, niemanden, der Trost spendet, niemanden, der mir den Wunsch erfüllt, mich zu töten. Jede Nacht versank ich im Anblick der ewigen Sterne und sehnte mich danach, so weit weg zu sein wie sie. Und wenn mein Flehen schon nicht erhört wurde und ich dieses Grauen überleben musste, so legte ich das Gelübde ab, nie wieder zu heiraten, nie wieder das Glück herauszufordern. Vier Jahre lang blieb ich standhaft, vier Jahre lang arbeitete ich hart in der Werkstatt meines Vaters und traf kaum noch meine Freunde, ich schuftete und zwang mich, nicht an Hanna und Simeon zu denken, was natürlich, besonders am Anfang, unmöglich war. Doch nach drei Jahren überkam mich der Wunsch, wieder an den regelmäßigen Festen teilzunehmen, und langsam begriff ich, dass meine Erinnerung das eine ist und die Gegenwart das andere. Und dann, auf dem Laubhüttenfest, lernte ich deine Mutter kennen, sie gefiel mir und ich ihr, obwohl ich fünf Jahre älter bin als sie. Wir trafen uns heimlich, nachts hörte ich oft ihre Stimme im Schlaf und spürte, dass ich sie nicht verstoßen durfte. Denn dies hatte ich vor. Sie war schwanger und ich verurteilte sie nicht deswegen. Ich wusste nicht, wer der Vater war, sie lebte nicht mit ihm und ich wollte sie nicht bloßstellen deswegen und sie auch nicht bedrängen. So beschloss ich, mich von ihr zu trennen. Doch da kam im Traum ein Engel zu mir und sagte, ich solle mich nicht fürchten.«

Meine Mutter hielt den Esel fest, während mein Vater fortfuhr: »Durch deine Geburt habe ich den Tod überwunden, der vier Jahre lang in mir hauste. Und ich danke dir dafür bis an mein Lebensende.«

Er kniete nieder und küsste meine Füße.

»Steh auf, Vater!«, sagte ich. »Ich bin nicht dein König, ich bin dein Kind.«

Mit gesenktem Kopf erhob er sich und sein Blick fiel auf meine Mutter.

»Und noch etwas sollst du erfahren«, sagte er und ich hörte einen heiteren Klang in seiner Stimme. »Noch in diesem Jahr wird deine Mutter wieder ein Kind bekommen.«

Ich ging zu ihr, umarmte und küsste sie.

Dann brachen wir erneut auf.

XII

Im Sommer dieses Jahres dachte ich oft an jene Reise, manchmal in Momenten, die ungünstig dafür waren.

»Pass doch auf, du Narr!«, schrie Phillipos, der mir die Lederkugel vor die Füße geschossen hatte, ohne dass ich sofort mitgespielt hätte.

»Und lass deine Hände unten!«, brüllte Lukas, wenn ich die Kugel wieder einmal mit einem Hechtsprung gefangen hatte.

»Das ist ein Fußspiel, du Sandalist!«, rief Phillipos.

Neuerdings ließ ich meine Sandalen sogar beim Spielen an, was mir diesen Spitznamen eingebracht hatte.

Oft in diesem Sommer hatten meine Freunde, aber auch meine Geschwister, wie sie sagten, den Eindruck, ich sei nur körperlich anwesend und halte mich ansonsten in einer anderen Welt auf. Vielleicht stimmte das, auch wenn ich mir selbst nie gegenwärtiger vorgekommen war. Ich las so viel ich konnte, arbeitete unermüdlich in der Werkstatt meines Vaters und nachts schrieb ich Briefe, von denen ich keine Vorstellung hatte, wie sie die Adressatin jemals erreichen sollten.

Einen habe ich mitgebracht, es ist der letzte, der erhalten geblieben ist, alle anderen hat ein Sturm aus dem Versteck gefegt, wo ich die Briefe verborgen hatte, und ich fand sie nicht wieder.

Geliebte Rut,
an den Strömen von Babel, da saßen wir und weinten, wenn wir an Zion dachten. Wir hängten unsere Harfen an die Weiden in jenem Land. Dort verlangten von uns die Zwingherren Lieder, unsere Peiniger forderten Jubel: Singt uns Lieder vom Zion! Wie könnten wir singen die Lieder des Herrn, fern, auf fremder Erde? Wenn ich dich je vergesse, Jerusalem, dann soll mir die rechte Hand verdorren.
Wenn ich dich je vergesse, Rut, dann soll mir die rechte Hand verdorren und auch die linke, denn dann sind meine Hände zu nichts mehr nütze. Ich stelle mir vor, wie ich meine Harfe in eine Weide hänge, damit sie singe im Wind, und wie der Wind das Lied bis zu dir trägt, bis ins große Judäa. Ich bete, Rut, und ich weiß nicht, wohin mit meinem Gebet. Hat der Herr mich auserkoren, dich zu verlassen und ihm zu folgen? Ist der Weg, dem ich folge, der richtige? Oder bist du mein Weg, Rut, und ich habe dich nicht verstanden? Ich schlief neben dir und ich habe dich nackt gesehen, und meine Lust war groß. Aber ich habe sie dir nicht gezeigt, ich wollte nicht, dass du dich wegen mir schämen musst.

Oft wünsche ich, ich könnte meine Not mit jemandem teilen. Aber da ist niemand, der meinen Worten gewachsen wäre, sie hören mir zu, aber sie hören nur meine Worte, nicht das Schweigen dazwischen. Und in diesem Schweigen und nirgendwo sonst ist meine Liebe, meine Einsamkeit und mein Verlangen. Du allein würdest mich verstehen, deshalb schreibe ich dir, auch wenn meine Briefe dich nie erreichen werden.

Manchmal überlege ich, ob es eine Strafe für mich ist, dass ich dich nicht wieder sehen darf. Und dann überlege ich, ob nicht auch Gott bestraft worden ist am Anfang aller Tage, weil er aus Adams Rippe Eva geschaffen hat. Das ist der erschreckendste Gedanke, den ich jemals hatte: dass Kain seinen Bruder Abel deshalb erschlagen hat, weil Gott, ihr Schöpfer, bestraft werden sollte. Denn er hatte zugelassen, dass das Böse in die Welt kam, und das Böse kam in die Welt, weil Adam und Eva Kinder zeugten, Kain und Abel. Durch den Eingriff des Herrn in seine eigene Schöpfung brachte er Eva hervor und so begann das Unheil.

Erträgst du diese Vorstellung, Rut? Wer sollte dieser Richter sein, der größer und mächtiger ist als Gott? Wer könnte über dem Herrn stehen, wer hätte die Macht, den Herrn büßen zu lassen für eine Tat, die der Herr selbst aus purer Not begangen hat, um die Verlorenheit Adams zu beenden? Es ist nicht gut, dass der Mensch allein bleibt, sagt die Schrift. Wer

aber außerhalb des einen Gottes hätte der Erschaffung des Paradieses zugesehen, und davor schon der Erschaffung des Himmels und der Erde?
Unter solchen Gedanken breche ich in Schweiß aus und ich schlafe die ganze Nacht nicht und bete zum Herrn, dass er mir eine Kindheit schenken möge, denn ich bin ein Kind. Und doch weiß ich, dass es keine Kindheit für mich gibt, auch wenn ich Harpastum spiele mit meinen Freunden und mit einem Käscher fliegende Fische fange und mit meinen Brüdern herumtolle und meine Mutter mir Kosenamen gibt. Ich bin zwölf Jahre alt, doch das Alter hat eine andere Bedeutung für mich als für meine Freunde.
Vielleicht wäre ich jung, wenn ich bei dir geblieben wäre. Doch du bist fortgegangen und ich habe dich nicht aufgehalten. Nun bin ich allein mit meinen Gedanken und Ideen, und ich blättere in der Heiligen Schrift und suche nach Beweisen für meine Gespinste. Verzeih mir, Rut, wenn ich dich ängstige mit meinen Worten, ich schweige jetzt.
Morgen schreibe ich dir wieder, wie ich dir jeden Tag schreibe. In der kleinen Truhe aus Wacholderholz ist noch Platz. Bis heute hat niemand die Truhe in dem hohlen Baumstamm entdeckt.
Warum hast du mich verlassen?

Den Brief nehme ich gleich mit zum Fluss.

An einem kalten und sonnigen Herbsttag wurde mein vierter Bruder geboren. Ich liebte ihn vom ersten Tag an.

Und kurz vor meinem dreizehnten Geburtstag, Anfang Dezember, an einem Tag, der nicht hell wurde, bekam ich Besuch. Unverhofft wie der Schnee, der plötzlich vom Himmel fiel.

Sie trug einen Mantel aus Lammfell und eine Mütze aus Schafswolle, die sie bis zu den Augen heruntergezogen hatte, und an den Füßen gefütterte Stiefel.

Weil zum ersten Mal, seit ich geboren wurde, Schnee fiel, war ich mit meinen Brüdern und Schwestern in die Gasse gelaufen und wir legten die Köpfe in den Nacken und rissen die Münder auf, um die Flocken auf der Zunge zu spüren.

Als ich den Kopf senkte, sah ich sie vor der Werkstatt des Schusters stehen, am Ende der Gasse. Trotz des schlechten Lichts und des dichter werdenden Schneetreibens erkannte ich sie sofort.

»Schalom alejchem«, sagte Rut.

Ich hob die Hand zum Gruß. Doch meine Worte schmolzen auf der Zunge wie Schneeflocken.

»Ich bin auf dem Weg in die Provinz Syrien«, sagte Rut. »Mein Bruder begleitet mich. In Damaskus werde ich heiraten. Mein Mann ist Goldschmied, er arbeitet für den römischen Statthalter. Als mein Bruder und ich am Fuße des Berges Tabor vorüberkamen, zeigte er nach Westen. Da habe ich ihm unser Geheimnis verraten, und er sagte, ich solle zu dir gehen und mich entschuldigen, dass ich mich in der Gasse vor Simons Haus von dir abgewandt habe ohne ein Wort. Ich entschuldige mich. Verzeihst du mir?«

Ungelenk streckte ich die Hand aus, nass von Schnee. Rut nahm sie, hielt sie einen Moment an ihre linke Wange und ließ sie los.

Ich betrachtete den Palm meiner Hand, als wäre darin der Abdruck ihrer Wange.

»Ich habe dir Briefe geschrieben«, sagte ich leise. »Ich hole sie dir. Warte ...«

Ich drehte mich schon um, da machte sie einen Schritt auf mich zu.

»Nein. Behalte deine Briefe. Ich darf sie nicht mitnehmen. Ich bin gekommen, um mich zu verabschieden, und jetzt muss ich fort. Mein Bruder wartet am Rand des Dorfes auf mich. Leb wohl.«

»Ich ...«, sagte ich.

Rut lächelte. Sie sah, dass die Kinder in der Entfernung in ihrem Schneeflockenspiel innehielten.

»Verzeihst du mir?«, fragte sie noch einmal.

»Ich ... ich begleite dich bis zu ... bis ...«, sagte ich mühevoll.

»Dann komm!«, sagte sie und ging den Weg zurück, den sie gekommen war.

Ich zögerte nicht. Dass meine Brüder und Schwestern mir folgten, kümmerte mich nicht.

Vorbei an den Werkstätten der Töpfer, Steinmetzen und anderer Handwerker, den Hütten der Fischer und den mit Lehmziegeln bedeckten Steinhäusern der Bewohner gelangten wir zum Ortsausgang. Dort wartete ein junger Mann neben einem voll bepackten Esel. Der Mann trug den gleichen Mantel wie Rut.

Einige Meter von ihm entfernt blieb Rut stehen.

»Das ist mein Bruder«, sagte Rut. »Leb wohl.«

Die Flocken, die zu Tausenden vor ihrem Gesicht tanzten, kamen mir wie weiße Sterne vor. Weiße Sterne, die erloschen, wenn sie einen Menschen berührten.

»Du musst mir eine Antwort geben«, sagte Rut und wischte sich übers Gesicht.

Ich hatte solche Mühe zu sprechen. »Ich ... ich verzeihe dir. Du hast nichts ... nichts Schlimmes getan ... Aber was ... was hat dein Vater getan, als du ...«

»Danke«, sagte sie in meine Worte hinein. Und dann fügte sie hinzu: »Befreie dein Herz von mir. Finde Gefallen bei Gott und den Menschen. Bleib nicht allein. Sieh, wer alles auf dich wartet.«

Und bevor ich ein weiteres Wort zu Stande brachte, tauchten Rut und ihr Bruder in der Finsternis des Tages unter. Und bald waren sie nicht mehr zu sehen.

Und ich stand im Schneetreiben.

Ich hörte nicht, wie meine Geschwister tuschelten, ich spürte die Nässe an den Füßen nicht, ich hatte Schmerzen in den Augen und in den Ohren, ich zitterte am ganzen Körper. Doch all dies war so weit außerhalb meiner wahren Empfindung, wie der Himmel von der Erde entfernt ist.

Denn es schien mir, als hätte mein Schatten Besitz von mir ergriffen und würde mich von Stund an entseelen und entherzen und vollkommen aushöhlen und wiederum mich als leeren Schatten zurücklassen unter der Sonne, auch wenn diese nicht schien. Ein kalter Schatten, zu niemandem gehörig, dazu verdammt, sogar nachts auszuharren oder in Unwettern, lächerlich, unsichtbar und für alle Zeit tot, über den Tag der Auferstehung hinaus.

Und ich kniete nieder, blickte in den grauen kalten Himmel und erhob meine Stimme gegen das Wüten der Wolken.

»Umarme mich«, betete ich laut. »Umarme mich, denn du hast Schmerz gesät, damit ich eine Wunde ernte, die mich nähren soll. Umarme mich, denn ich bin jung und begehre. Wo ist das Haus für mein Begehren? Umarme mich, ich will dir singen und spielen, denn ich bin ein Kind, das noch Geburt in sich trägt. Wo ist die Kugel, in der die Stunden meines Lebens sind, und wenn ich sie schüttele, verirrt sich die Zeit? Umarme mich, denn seit ich mich an Rut erinnere, trage ich das Verschwinden jeder einzelnen Minute in mir. Wo ist der Schlaf, in dem ich ewig war? Umarme mich, denn in meiner Selbsthaftigkeit vergesse ich, dass es dich gibt, und meine Innenschau lässt mich erblinden. Umarme mich, denn ich habe mein Vertrauen verloren. Wo ist der Fels, wo ist die Burg, die mich rettet und meinen Blick befreit? Umarme mich, denn ich feiere mein Leid und schlage die Trommel. Du hast mein Klagen in Tanzen verwandelt, hast mir das Trauergewand ausgezogen und mich mit Freude umgürtet, ich jedoch weine und preise dich nicht. Umarme mich, denn dein Wort ist wahrhaftig und all dein Tun ist verlässlich. Denn wenn ich morgen sterbe, so will ich heute lebendig sein und dir danken für deine Gnade. Du machtest meine Tage nur eine Spanne lang, meine Lebenszeit ist vor dir wie ein Nichts, ein Hauch nur ist jeder Mensch. Umarme mich, denn ich will nicht mehr laut sein und ungeduldig im Tempel von Jerusalem. Nur wie ein Schatten geht der Mensch einher, um ein Nichts macht er Lärm, er rafft zusammen und weiß nicht, wer es einheimst. Umarme mich, denn ich bin dein. Hör mein Gebet, Herr, vernimm mein Schreien, schweig nicht zu meinen Tränen. Umarme mich, denn ich bin nur ein Gast bei dir, ein Fremdling wie all meine Väter. Umarme mich, denn auch ich will wieder umarmen.«

Dann wischte ich mir, wie Rut es getan hatte, mit der flachen Hand übers Gesicht und stand auf. Zwischen meinen fünf Geschwistern, die sich furchtsam, stumm und verwirrt unter dem Holzdach von Emanuels Schreinerei aneinander drängten, und der im wilden Schneegestöber endlos wirkenden Weite in meinem Rücken verharrte ich an der Stelle, an der Rut mich für immer verlassen hatte.

Lange verharrte ich so, mit geschlossenen Augen, gefangen und frei zugleich, Kind und Mann in einem, von der Liebe verstoßen, zu unsterblicher Liebe erweckt, allein, geborgen in Einsamkeit, verschönt von irdischem Schmerz, von der Schönheit der Schöpfung gemartert, von so vielen erwartet und von mir selbst verstoßen.

»Komm!«, rief einer meiner Brüder. »Uns ist kalt!«

Und es blieb mir nichts als ihnen untröstlich zu folgen.

Epilog

Jetzt kennst du meine Geschichte, jetzt bin ich erlöst. Das also geschah, als ich zwölf Jahre alt und zwei Tage lang in Jerusalem verschwunden war, wohin wir zum Passah-Fest gereist waren, mein Vater Josef, meine Mutter Maria und ich. Und unser Esel Rana natürlich, der das Gepäck trug. Von Rut habe ich nie mehr etwas gehört, doch ich verrate dir, an manchen Tagen, wenn fahrende Händler nach Nazaret kamen, schlich ich um ihre Wagen und suchte nach einem Zeichen. Vielleicht, dachte ich, spricht jemand ihren Namen aus und erzählt von ihr, weil sie eine wohlhabende und stadtbekannte Frau in Damaskus geworden ist, oder ein Bote hat einen Brief bei sich und weiß nicht, in welchem Haus ich wohne, und durch einen Zufall kommen wir ins Gespräch und er erfährt meinen Namen und überreicht mir den Brief.

Verzeih diese Gedanken, die ich manchmal hatte. Sie tauchten auf und verschwanden und ich führte ein gewöhnliches unauffälliges Leben. Bis heute. Heute komme ich zu dir, denn ich habe viel von dir gehört, du bist ein berühmter Mann, die Menschen erzählen von deinen Taten, sie beschreiben dein Aussehen, deinen Kamelhaarmantel, deinen Ledergürtel, sie sagen, du ermahnst die Zöllner, niemanden auszubeuten, es heißt, Herodes Antipas hält dich für gefährlich, weil du einen Umsturz planen würdest, du seist ein Außenseiter und Rebell und verbietest den Soldaten, ihren Sold mit höheren Steuern aufzubessern.

Ich glaube, du tust nichts als das, was dir aufgetragen wurde, und diesem Auftrag dienst du im Namen des gerechten Gottes. Lass uns jetzt das Zelt verlassen und zum Fluss hinuntergehen.

Taufe mich, denn ich bin bereit.

Bevor wir ins Wasser steigen, muss ich dich noch etwas fragen: Wie schmecken eigentlich Heuschrecken?

Verzeichnis jüdischer Worte und Begriffe

Bar Mitzwa (Hebräisch): »Sohn des Gebots«. Zeremonie, die die religiöse Mündigkeit jüdischer Jungen im Alter von 13 Jahren besiegelt.

Gojim (Hebräisch, plural von: Goj): Nicht-Jude.

L'chaim! (Hebräisch): »Auf das Leben!«. Trinkspruch.

Massel tow! (Hebräisch): »Viel Glück!«, »Herzlichen Glückwunsch!«

Mohel (Hebräisch): Bezeichnung für die Person, die die Beschneidung durchführt.

Mazzot (Hebräisch, Singular: mazza): Ungesäuerte Fladen, die beim Passah-Fest gegessen werden, in Erinnerung an das »Brot des Elends«, das die Hebräer beim Auszug aus Ägypten aßen.

Mischna (Hebräisch): Teil des Talmud, wörtlich: »Wiederholung«. Zusammenstellung der mündlichen

Lehre in sechs »Ordnungen«, um 200 unserer Zeitrechnung von Jehuda Ha-Nassi schriftlich niedergelegt.

Nisan (Hebräisch): Monat des jüdischen Kalenders, in dem das Passah-Fest gefeiert wird.

Passah-Fest (Hebräisch): Ursprünglich Frühlingsfest, später wurde vor allem das Gedenken an Israels Befreiung aus der Knechtschaft in Ägypten zentral.

Schalom alejchem! (Hebräisch): »Der Friede sei mit Euch!«. Grußformel.

(Wörter und Begriffe zitiert nach: Marek Halter, »Alles beginnt mit Abraham«, Zsolnay Verlag, Wien 2001)